秋の川

Kawazu Taketoshi

河津武俊

◉弦書房

装丁＝毛利一枝

〔カバー表写真〕
熊本県・菊池渓谷
〔カバー裏写真〕
熊本県・杖立温泉
（前山光則撮影）

目次

さらばラバウル

さらばラバウルよ　また来るまでは
しばし別れの　涙がにじむ
恋しなつかし　あの島見れば
椰子《やし》の葉かげに　十字星

…………

私達は、今日も山峡の温泉郷に遅い陽が射しはじめると、皆んなで川向《かわむこう》の温泉旅館におしかけ、今林のおじちゃんを手押車で迎えに行き、桜の満開の公園に運んで来て、この歌をあかずに歌い続けた。私はこの哀愁にみちながらも、どこか心の琴線を震わす歌が大好きで、大声をあげて唄った。

子供達は桜の枝と枝との間にブランコをこしらえたり、大木に太い鋼をぶらさげ、それによじ登り反動をつけて向いの木にとびついたり、桜木にスベリ台をとりつけたりして遊んだ。

風でも吹いて桜花が吹雪のように舞い散ると、一層幼心を興奮させて、またこの歌を合唱した。

こうした私達を今林のおじちゃんは嬉しそうに、手押車の上から眺めていた。時には私達は今林のおじちゃんを手押車から抱き起こし、ブランコに乗せてゆさぶった。

今林のおじちゃんはラバウルの戦闘で負傷し、左腕と右足がなかったが、おじちゃんはブランコを上手にこぎ、私達が逆立ちしても出来ない程に宙に高く揺さぶってみせてくれた。

私は傷痍軍人の白い着物をきて、胸に小さな赤十字のマークをつけたおじちゃんの左腕と右下肢のないぶらりとさがった姿を見ながら、何時も心を悲しめていた。

それでもおじちゃんは、そんな悲しい顔を少しも見せずに歌い、遊び疲れた子供達に、ラバウルがいかに美しい島であったか、激烈であった戦争に敗れて一年もたつのに、少年達にとっておじちゃんの歌はこの上なく楽しい夢のようなもので、子供達は一所懸命に耳をすまして聞いた。

ラバウルの紺青の海原、緑の草原、夜空に無数に見える星屑、豊かに稔る椰子の林、飛び交う戦闘機、どの話も子供達をラバウルに誘っていった。

南海の美しく素晴らしかったことだけを話させても、おじちゃんはゆうに数時間は話せるだけの話術をもって子供心をひきつけた。

私は子供達の間でも幼い方で、おじちゃんのまわりの良い席は何時も上級生や喧嘩の強い子供達が占めていた。

それに私は終戦の年の六月、本土爆撃が一段とはげしくなった頃、F市からこの山間の伯父の住んでいる温泉郷に疎開して来たので、村の子供達は私達兄弟とはまだあまりなじめず、むしろ苛められていたと言った方がよかった。

私とすぐ上の兄は、疎開した時が小学校の一、二年であったためにあまりひどい仕打ちは受けなかったが、五年生であった次兄は仲間から完全に疎外されていた。

兄が近づくと、仲間は徒党をくんで離れていくために兄は全くの孤独であった。

兄は都会で育ったために勉強でも運動でも何でもよく出来た。

村の子供達は疎開してくる子供達をなにかよそ者として敵視する狭量なところがあった。

今日も次兄の姿は見えなかった。

私は「さらばラバウルよ、またくるまでは……」の歌を聞きながら去年の六月にF市から引越して来た時の状況を思い出していた。

父はこの温泉郷から川に沿って三里程下った山村の生まれであったが、次男であったために若い時から志を立てF市に出て、苦労に苦労を重ねF市有数の薬局を開き、市会議員までなっていた。

父は本籍もF市に移し、F市の土になりきる気持ちであったためになかなか疎開に踏み切れなかった。

中庭に防空壕をほり、空襲警報が発せられると、私達一家は番頭から女中まで鉄かぶとをかぶり避難し警報の解除されるのを待った。

父は校区警防分団長もしていたために、空襲になるといち早く本部に出掛けてゆかねばならなかった。

私とすぐ上の兄はたいてい防空壕にはいるとすぐ寝こんでしまった。

起こされて外に出ると、空襲されたあたりの業火が夜空をあかあかと染めて、防空頭巾をつけた人々が暗闇の中を走りまわった。

父の帰りは何時も遅かったが、私の隣の町内が全焼した深夜、帰って来て家族全員を起こし、疎開することにしたと告げた。

いずれこの日のためと、母は内緒で、母の父から貰っていた山林を売り伯父に頼んで温泉郷の料理屋を買っていた。

父は母の独断的な行為を責めなかった。それくらい危険が身に迫っていた。もう町内の人々も大半が疎開していた。

疎開に必要な家財道具だけに制限しても、ゆうにトラック五・六台分はあった。トラックが一台づつ荷を運び出すたびに家の中は淋しくなっていった。先に番頭や女中が出向いて疎開する家の整理が終わり、いよいよ最後のトラックで私達一家は郷里から加勢に来た人々と一緒にF市を出発した。

トラックも、既に木炭車であったために、道中は長くかかった。

その道中のトラックの上で盛んに唄われた歌がラバウル小唄であった。もちろん私は題名など知らなかったが、私はこの歌がとても好きになり、住みなれた土地を去る淋しさと、新しい土地への憧れと、私達が何時の日か再びF市にもどって来るであろうという希望が私の小さな心を刺戟し、大人達と一緒に唄い続けた。

私達は夕方疎開先の温泉郷に着いた。川をはさむ両岸には温泉旅館がぎっしりと並び、いたる所から湯煙が立ちのぼっていた。

薬局をやっている伯父の家の前でトラックを止めた。伯父や近所の人々が多数で迎えてくれた。私達兄弟は鉄かぶとをかぶり、コルク弾のでる鉄砲であったが、肩にかけて整列し、盛んに拍手をうけた。

その夜は村の地名士が集まって宴会が開かれ、私達子供は料理屋であっただけに大きな家の中を喜んで飛びまわった。

山峡の清流をはさんで並ぶ旅館は二十数軒あったが、湯浴客のためのものではなくなっていて、傷痍軍人を収容治療する病院に全てが変っていた。

外地の戦場から傷病の為に帰還させられた兵隊達を収容できる病院は、焼野原と化しつつあった都市には段々少なくなり、そこも次々空襲のために破壊され、多数の人員が収容でき、傷病をいやすにも適した温泉旅館が病院の役目をはたさねばならぬ様に時代は切迫してきていた。

この温泉郷に収容された傷兵は、内臓疾患より、ほとんどが創傷をうけた軍人達で、火傷・銃創や、ひどい人で腕や下肢を切断した人達が主であった。

毎朝六時に起床ラッパが鳴ると歩ける兵隊や、手を借りればどうにか歩行できる者は旅館の前に傷病軍人の着る白い着物をきて整列し点呼をうけ、夕方の六時にも点呼のラッパが鳴った。

私は兵隊達が肩から三角巾で腕をつったり、松葉杖で体を支えながらも、凛々しく点呼を受ける姿が好きで、よく見に出掛けた。

点呼の時以外は兵隊達は比較的自由な時間を持っていて、三々五々散歩したり、魚釣をしたりしてのんびりしていた。

特に午後からは温泉郷は白い着物姿の兵隊であふれるばかりであった。村の子供達と兵隊達はすぐ仲良くなり、各家庭にもよく遊びに来たりした。

子供達の興味はなんと言っても戦場の話を聞くことであった。

私の家には疎開させてきた医薬品もかなりあったために、よく軍医が出はいりする様になり、父は高価なアスピリンなども惜しげなく与えていた。

七月にはいると、私の家の二階にも軍医を三人住みこませる事になった。

父はまだ警防分団長や市会議員をしていたために、時々F市に出掛けて行ったが、帰って来る度に空襲がひどくなってきた話をした。

七月の下旬父が帰ってきていた時に、F市の私の家も焼けてしまったことを残念そうに話してくれた。

私達子供の間でも、本土決戦になれば竹槍を持ってでも、最後まで戦う話がかわされ、実際私達は山に行き竹を切ってきて竹槍を作り秘かに学校の裏の木陰に隠していた。

そこでならば、敵の兵隊がのり込んで来ても、木陰から一つきできる場所に私は思えた。

八月十五日の正午頃、私は母と昼食のための唐芋団子を蒸籠《せいろう》にいれ、温泉の蒸気を利用した蒸場に行っている時に終戦を知った。

その日は日射しが強かったが、山間であるために割と涼しく、お盆に飛びまわる赤い精霊トンボが川の上を無数に舞っていた。

母は私に特別何も告げなかったが、私は周辺の人の立話しなどから敏感に戦争が終り、しかも日本が敗けた事を知った。

私の胸には悲しみ、喜びも特にわかなかった。只川瀬の波や川石が、何時になく異様に白々と目に眩しく見え、大気が、何時もよりなにか透明であるような感じをうけた。

後姿から見ても肩ががっくり落ちたような母の姿を、私は何も母に聞くまいと気をつかいながら、ゆっくり後をおった。

私の家でも軍医達は緊急出頭命令がでて出掛けたあとで、父と兄達が居間に黙って座っていた。

父は敗戦の事に何もふれなかった。

私達は黙って中食の芋団子を食べた。次兄とすぐ上の兄が最後に残った団子を取りあって一寸いさかいをおこした。父の手が突然のびて次兄の頬を激しくたたいた。兄はふっ飛び障子で頭を打ち、手にしていた団子を投げだすと外へとび出していった。

父のこんな激しい動作を見たことがなかったので、私とすぐ上の兄は団子を頬ばったまま泣きだした。

母が私達をなだめ、立ちあがって行って戸棚から朝御飯の残りの麦飯を一杯、父の前にさしだした。

父はその頃、過労から体をいため、父だけは毎食代用食と一杯の御飯だけは母が苦面していた。

母のさしだした麦飯を父はつかんで、障子にむかって投げつけ、

「俺だけを何故特別特別あつかいするのだ！」といって次の間に引き籠ってしまった。

麦飯が部屋中に散らばり、その隅に兄が投げ捨てていた黒い芋団子が一つころがり、母はすすり泣きながら、それを拾い集めた。

午後三時に点呼ラッパが鳴り響き、傷痍軍人達が続々と公園に集まってきて、ま

たたく間に公園をうずめつくした。

激しい日射の中で、蟬がしきりに泣いていた。

傷痍軍人の集まりには悲泣も、動揺もなく、ただ黙々と広場を去っていった。

激戦の中で、体のどこかに手負いを受けた兵士達にとって、敗戦がどんな感懐を呼んだのか、私には想像も及ばぬ事であった。

その夜から私に突然夜尿症がはじまった。

最初のうち母は軽く考えていたらしかったが、私の夜尿症は常習的になっていった。

九月にはいり、まがりなりにも学校が始まったが、私の夜尿はなおらなかった。

山峡の温泉郷の学校は一里程離れたところに本校があり、五年までは温泉郷にある分校で学習した。

分校には夫婦の先生の二人だけしかいなく、一年と二年とで一学級、三、四、五年生で一学級を作っていた。

私はF市で小学校に入学した頃は（その前の幼稚園も含めて）勉強も良くでき、責任感の強い子供であったと母は私に言い聞かせた。

私のかすかな記憶にも幼稚園の帰りに、下駄の緒が切れ、雪の中をしびれて痛くなり感覚もなくなってしまった足をひきずりながら帰宅し、こんなに凍傷寸前までなったのによく我慢してきたと、番頭や女中や母にほめられた事や、学校の宿題を忘れていたのを夜中に思い出し、徹夜で仕上げて出校したことが思い出された。

「あなたはF市の学校で級長をしていたのに、夜尿なんかするようになって」と、母は嘆いた。

実際、日本が戦争に敗けたからと言って、私のような幼い魂に急激な変化が起こるはずがなく、私の夜尿がどうしてはじまったかも私自身信じられないことであった。

たしかにF市にいた頃には夜毎に空襲警報がなり響き、鉄かぶとを被って防空壕に避難していた頃の緊張にくらべれば、戦争の終わった山峡の温泉郷は、それだけでも私の緊張をとるに充分であったかもしれなかった。

それに私は、その頃から何時も鼻たれになっていた。鼻の穴から常に二本の鼻水がたれていた。

学校の帰りには、私達は必ず男女別に一列になり、級長が先頭になって並んで帰った。級長は旅館の息子で、立縞の服を着ており、後につづく私には、その服に陽があたり、目がくらむ様にピカピカと光って美しく見えた。彼は時々立ち止まると、列をみだした子供を激しくののしった。

級長の権限は絶対的であり、それを乱した者は明日ただちに先生に報告されて、叱責をうけた。

F市で級長をしていた私が、温泉郷では、彼の後尾について、彼の言うとおりになるといった屈辱の気持ちなど私には毛頭わいてこなかった。私はひたすら彼に気にいられ様と努力していた。

秋口になり、傷痍軍人達で軽症の者は続々と温泉宿を去って行き、一日一日淋しくなっていった。

重傷者や帰る故郷のないものだけが残され、私の家からも軍医は去って行った。

時々、父の郷里からおじいさんがやって来て、父と話しこんでいた。おじいさんは私の一家の生活の事を心配していた。

父は毎夜微熱がでて体が弱り、胸部にカラシで湿布をしていた。

焼野原と化したF市に帰る努力をしていたようだが、父の体力や国内の混乱から、その見通しは全くたっていなかった。

父は二、三年ならば生活していける貯金はあるとおじいさんに話していたが、物価がどんどん上り、その余裕も心細いものになってきていた。

おじいさんは来る度に信玄袋に米を入れてきて呉れた。それでもおじいさんは大分無理をし、後とりの長男や嫁の目をかすめて、かろうじて持ってきてくれていた。

母は泉水や松の植えられていた料理屋の庭をくずし、野菜を植え始めた。

母は頑張って石をおこし、松をひきぬき、かたい庭土を耕やした。

私達兄弟は遊び半分で加勢をしたが、一日一日、豪華だった庭園は無残にも畑に変わっていった。

翌年の春が来るまで、私の学級にも、上の学級にも様々な子供達が外地や国内から移住してきた。

私の同級生にも二人の女の子がはいって来た。一人は満州、一人は朝鮮からの引揚げであった。一人は枯れ枝の様にやせていたが、目だけは異常に大きく、一人は丸顔の可愛い子であったが、翌春には二人共去って行った。

一級上の兄のクラスには日系ロシア人の母と日本の夫の間に生まれた、とても、背が高く、髪の毛の赤い男の子が入って来た。名前は南里と呼ばれ、私達が見上げる程の体格で、名の如く何里も背が高く見えた。

彼の両親は旅館の一室を借り、毎日毛皮の行商に出掛けていた。

皆んな彼を恐れて、そばに寄れなかった。彼は人が寄ってくると、癖の様に手の関節をポリポリ音をたてて屈曲させていた。

彼は日本語はカタコトしかしゃべれなかったが、その体格と容貌から皆に恐れられていた。

肌色や髪色は違っていても、私はその少年に同じ疎開者としての近親感を持っていた。

山峡の温泉郷は冬になると冷え込みが厳しかった。

十月の末には霜が降る事さえあり、谷合を染める紅葉は特に美しく、冬は紅葉が樹氷に変わった。紅や黄色に変わり、冷たい氷の白い花が全山をうめつくした。

これらの風景は勿論私には初めて見る、不思議で途方もなく美しいものであった。

初めてと言えば、共同風呂もそうであった。各温泉宿は無論、それぞれ立派な風呂を持っていたが、一般の住民には幾つかの共同風呂があり、それを利用していた。

男女別になっているのはあったが、たいていは男女混浴であった。

母は最初は閉口していたらしかったが、私の家から一番近いのは男女混浴しかなかった。母はしばらくは遠くの男女別の風呂まで私を連れて行ったが、それらの行為の方がむしろ温泉郷の住人には奇異に見えたらしく、母はまもなく遠くの風呂に行く事を止めた。

温源からでるお湯は沸騰しており、寝る前に汲んできて、湯タンポにして、それに皆んなで足をつっこんで寝た。

私は風呂にはいるのは好きであったが、私もすぐ上の兄も（私達は年子であった）痩せて、貧弱な体をしており、腹だけが、青い静脈がすけて見えるように膨隆していたので、村の人に私達の体を見せるのは恥ずかしかった。

村の子供達は皆んな逞しく、私や兄の事を嘲笑し、栄養失調だとか回虫がいるときめつけていた。

そう言われても良い程、私と兄は手足は細く、色は青かった。

私とすぐ上の兄は年子であったために、背丈も変わらず、いや、むしろ私の方が少し大きかった。

私は心の中で、二人の間がもう少し年がひらき、どちらかでも体格がよければよかったのに、二人共、同じ貧弱な体つきであることが恥ずかしかった。弟の私でさえそうであったから、兄の心中は私より一層複雑であるに違いなかった。それでいつの間にか、私と兄は一緒に風呂には行かない様になった。

村人は早朝と夕食後、寒い時は就寝前にもう一度は入る習慣であった。お湯は一日中、こんこんと湧き出ていて、隣組の者が輪番で夜の十一時に風呂掃除をした。

掃除当番の時には、大概母と私が出掛けた。母は清潔好きであったため、たわしとみがき粉で隅々まで風呂場を磨きあげた。

美しくなった湯槽に、透明の湯が底から次第にたまってくるのを見るのは楽しいもので、明日一番に入浴しに来る人の喜びを思ったら、私の胸はわくわくするのだった。

掃除が終わって帰る頃には、霜が真白に降り、月の光をあびて、道でも屋根でも白砂糖をまいた様にキラキラと光って見えて、家につく頃にはタオルが氷って棒のように固くなっていた。

学校でストーヴが焚《た》かれる頃になると、子供達は薪物を持参せねばならなかった。どこの家でも大概山を持っていたために、樫や楓や杉の丸太をわり、丁度よい長さに切り、縄できりきりとしめて、父親達がかつぎ込んだ。

私の家にはそんな山などもなく、母は思案の末に、こわれかかった椅子や戸棚をこわし、のこぎりで切って学校に届け先生にことわりを言った。

子供達が私や兄の薪を見て大声で笑い、嘲けった。

樫や橡の油泡をふきだし、いきおいよく、長持ちする薪に比べると、私達の薪はあまり貧弱で、悪童どもは私や兄がストーブの前列に出て暖をとろうものなら、あからさまに妨害した。

それでも春が近づくにつれて、私にも楽しみが幾つかあるようになった。

一つは隣家の竹細工をしているところの末子で、三才になる信雄という子と仲好しになったことであった。

頭の大きい丸顔の子で、何時の間にか私の家に遊びに来る様になり、私の名前の拓郎をタッ君、タッ君と呼んでいた。私は信雄をノブちゃんと呼んだ。

私は学校から帰ると何時も信雄と遊んだ。

もう一人、同級生に友達が出来た。

馬車ひきの息子で孝久と言ったが、勉強が全然出来ず、一年生も終わろうと言うのに、読書きができなかった。

業を煮やした女先生は（私達は二人しかいない夫婦者の先生を男先生、女先生と呼び分けていた）、孝ぼんくらと呼べと命令した。

私は先生や級長の命令で呼ばねばならなかったが、どうしてもそう呼べなかった。

私は先生の居ない時は孝《たか》ちゃんと呼んでいた。

ある帰校中、私達は一列に整然と並んでいたが、その日は学校で全生徒に虫くだしが飲まされていて、その為か腹痛が私を襲い道に座り込んだ。並ぶ順番から私の後は何時も孝ちゃんであった。孝ちゃんは心配し、私の背をさすって呉れて、動けないとわかると、私を背に軽々と負ってくれた。頭は悪く、体も小さかったが、力は強く、私を家まで背負ったまま連れていってくれた。

母は私をすぐ便所に連れて行って座らせた。大きな回虫が出始めていた。私は恐怖で泣きだすと、母は我慢して、我慢してと私をなだめた。

それを機会に、私と孝ちゃんの間には不思議な友情が生まれた。

彼は体の強いのを自慢した。事実彼の兄弟は皆な頑強な体つきをしていて、俺の体にはばい菌が一匹もいないと自慢し、その秘訣は御飯を食べる時、胸をはって姿勢よく食べることだと私に教えてくれた。

私は彼に時々、彼の家の馬小屋に連れて行ってもらった。彼は私と同年なのに、馬の飼料にする飼葉の枯草や藁を、大きな鎌のようなもののついた押切りでザクザクと切り、秣桶に入れて、大きな棒でかきまぜた。

ザクザクという飼葉を切りきざむ音が私は好きで、私もやらしてもらったが押切り鎌を持ち上げる事さえ出来なかった。

それから新学期を迎えれば、私は二年生になり、年子の兄は三年生になり、私と兄は別々の教室で勉強出来る様になることも、私には嬉しいことであり、兄にもその気持ちはあったと思われた。

学年は違っても同じ教室で教われば、何かと兄弟は比較されて子供達の興味のまとになっていた。

ある時、兄が風邪をひき、母は兄に風邪薬を飲ませて出校させた。

授業中にいびきをかいて寝こんだ子供が居り、女先生が教壇から降りて来て、鞭で机を激しくたたいたが、それでもいびきをかいて眠りつづけていた。上級生の陣取る教室の半分から哄笑が湧きあがった。寝込んだ子は兄であった。女先生は憤怒して、弟である私を呼びつけて、すぐ家に連れて帰る様に私に命じた。

私は生徒達の哄笑の中を背中まで赤くして、兄をゆり起こし、勉強道具をまとめて、背負う様にして家に連れて帰った。

兄は風邪薬が効きすぎて寝込んでしまったのだった。

新学期が始まれば、私と兄は別々になるので、もうこの前の様な事はないと思うと、心の一隅になにか一つ、ほっとするものがあった。

三月末、春休みになると、私は隣家のノブちゃんと同級の孝ちゃん三人で朝から日暮れまで遊びまわった。

公園に桜が咲き始める頃、私は初めて今林のおじちゃんの存在を知った。傷痍軍人で帰郷出来ずに終戦の年の冬を温泉旅館で越したのは十数名しかいなかった。冬の寒い間は旅館に閉じこもっていた彼等も春の到来と共に公園などに姿を見せた。

ある春の昼食後、母とあとかたづけをしていると下の公園から、アコーディオンに合わせて子供達の合唱する「さらばラバウルよ……」の歌が聞こえてきた。疎開してくるトラックの中で聞いて好きになった歌を突然耳にして、私の背筋に感動が走り、私は下の公園に走った。

桜の咲き始めた公園には胸に赤十字のはいった白い着物を着た傷痍軍人が四、五人居て、内の一人がアコーディオンをひいていて、まわりの子供達が合唱していた。

合唱はいつまでも、次々と軍歌を歌った。私はあかずに何時までも立ちつくして聞いていた。

次の日から私はノブちゃんと孝ちゃんをさそって公園に出掛けた。

二、三日後には上級生達にまじって、手押車で宿まで迎えに行く仲間についていく様になった。
桜吹雪の中で聞く合唱や、戦争の話は私の胸を湧きたたせ、何か涯しない別の世界に来ている様な錯覚をおこさせた。

「さらばラバウルよ……」の歌をブランコに揺られながら聞く時など、散る桜の花びらが白く銀色に輝き、春陽は黄金色に見える事さえあり何時の間にか涙がにじんできていた。そして毎夜私は未知のラバウルに誘っていった。

そこでは今林のおじちゃんなどの兵士達が、草原に輪挿して合唱していたり、軍港を離れてゆく軍艦にむかって、あるいは遠く地平線まで続く平原の中の飛行場を飛び立つ戦闘機にむかって、ハンカチを千切れる程ふりながらこの歌を合唱していたりした。

春の嵐が吹きあれ、桜花は無残にも散りはてて、新学期が始まった。

疎開して来た生徒や、外地から引揚げて来た子供が新しく加わったが、短いものでは一ケ月でまた転校して行く子もいた。

次兄は六年生になり一里程離れた本校まで通わねばならなくなった。兄はいよいよ仲間はずれにされ、行きも帰りも一人のようだったが、あまり弱音ははかなかった。時々学校から帰って来ると私とすぐ上の兄を理由もなく殴ったりする事があった。

私のクラスでは私と孝ちゃんがのけものにされていたが、二人共おとなしい性もあって苛められる程のことはなかった。

上の兄のクラスでは、兄もおとなしい性格であった為、ロシア人との相の子が仲間はずれの対象になっていた。

彼は体格も子供と全然ちがっていたし、言葉もあまり通じなかったので、徒党組んで抵抗する日本の子供達を正面からは相手にしなかった。その為に無視された連中は一層、陰日向でいやがらせをした。

戦地からも復員兵士が次から次に帰って来た。

私の家から公園へ降りて行く石段のわきに武、久の兄弟の家があった。そこに伯父の二人が戦地から帰って来て寄留した。

二間しかない小さな家に、武、久の兄弟（下に生まれたばかりの赤子もいれてまだ三人の兄弟が居た）、それに母のおしんさんに復員して来た二人の伯父が雑居していた。おしんさんは馬喰の妾であると私は何時か知らされ、武、久の兄弟達は皆んなその間に生まれた子供達であった。

おしんさんの旦那はほとんど顔を見せなかった。私には妾という言葉はわからなかったが、大体の意味はわかっていた。

復員して来た伯父の兄の方はマラリアに患っていて、何時も青い顔をして部屋の隅で寝て居た。

弟の方は憲兵をしていたので、兄とはまるきり顔つきが違い、日本の現状に憤懣やるかたないのか、何時もぴりぴりして武、久の兄弟を殴ったりしていた。

おしんさん兄弟達の里は、上流の山の上の部落でそこには長男が家をとり細々と百姓をしていたために帰っても仕事はなく、姉のおしんさんの所に二人はころがり込んで居たのだった。

伯父二人が復員して来る少し前から、憲兵の妹にあたる霧子もおしんさんの家に出はいりする様になって居た。

霧子は、K市で戦後いち早く石けん工場を作り、闇に流して成金になった男の妾をしているらしかった。

彼女は旦那と時々トラックでやって来た。霧子はけばけばしい洋装をして居たが、なかなかの美人で、来る度に武、久の兄弟や私達子供にもアメリカ製のチョコレートやガムをくれたので、私達子供には人気があり、武、久もそれを自慢にして居た。

旦那は鼻髭を生やし、皮の背広を着て、何時も私ほどの大きさもあるシェパードを連れて来た。

元憲兵は姉に続いて妹の霧子までもが、堕落した生活をしているのが我慢出来ずに霧子が来る度に追い帰していた。

そういう諍いが何度か続いたある日の夕方、下の家で茶碗の激しくこわれる音がして、霧子が髪をかき乱し、泣き叫びながら石段をかけあがって来た。すぐ後から元憲兵が棒を持って来て私の家の庭先で霧子をつかまえると、背中や尻を霧子が泣いて助けを求めるまで棒でうった。

母が飛出して行ってやっととりおさえた。

後からおしんさんや武、久が泣き乍ら石段をあがって来た。

この事件の後、霧子はばったり寄りつかなくなり、まもなく元憲兵も何処かへ去って行った。

父の体もかなり回復してきた様で、又晩酌が始まり、田舎の人の作る濁酒や朝鮮人部落でできた焼酎を買いあさった。

彼等は水枕や氷のう、水筒に入れて、馬車の材木の間にたくみに隠して売り歩いた。

父がアルコール類を買う時は、まず舌で賞味し、それから体温計みたいなアルコール度を測るガラス棒を入れて、度数を確かめて買ったので、父をだます事はできなかった。

温泉郷の旦那衆は暇であった為に、何かと飲みごとが多く、会合があればすぐに酒宴になり、父も度々飲みに出る様になった。

F市に帰れる目途もたたず、だからと言って父に肉体労働ができるわけがなく、父の心にもいろいろの事が鬱積して、それが酒に走らせている様であったが、母は父に何も言わなかった。

母が耕やして作った菜園は夏頃になると、いろいろの野菜ができ始めた。狭い面積からの収穫物でも、私達には貴重な食材であった。

朝は麦飯や粟飯、又は芋飯で、米はほとんどはいってなく、麦が七分から八分、粟もそうで、芋飯の時などは芋の大きな固まりの端に辛うじて米や麦が見えた。

昼は大概、唐芋をそのまま茹たものや、芋の粉の団子であった。夕食は雑炊か、団子汁であった。

だんご汁は母が得意とするところで、自分の菜園で出来たカボチャ、茄子、じゃがいも等を小麦粉の団子に混ぜて、味噌で炊くのであった。母は水を沢山入れた。煮つまると又水を加えてうすくした。食べざかりの兄弟は質より量を与えるしかなかった。

私達もその方がよかった。とにかく腹さえふくれれば満足した。

母は農村の出であっても、芋団子や、団子汁だけの代用食で耐えた。時々母の姉などが、訪ねて来て食事を共にしても、彼女達はいわゆる代用食だけでは御飯を食べた気がせずに、一杯でも、麦でも粟でも芋でも、とうきびでも（配給ではとうきびを粉にしたものがあり、それを米と一緒に焚き、とうきび飯と私達は呼んでいた）は入っていていいから、とにかく、米粒を口にしなければ食べた様な気がしなかった。でも母にはその様な事はなかった。

代用食は、代用食で済せ、私達兄弟もその様に教育された。

夏の初めに進駐軍が、温泉郷を将校達の保養地と指定し、いよいよやって来る事になった。

温泉郷は緊張した。噂では進駐軍は婦女を襲い、時計や皮ベルトを奪うという流言飛語が飛びかい、あわてものは年頃の娘の髪をかって男装をさせる者もいた。

傷痍軍人のほとんどが去った温泉郷には、たまに田舎からの入湯客はあっても、観光客などはなく閑散としていて、たまに景気のよい会社などが慰安旅行に来る程度であった。

進駐軍はチョコレート色のジープで整然とやって来た。

彼等は皆、各自日本の女性を連れて来た為に、婦女暴行などという事件はおこさず、むしろ私達子供にチョコレートやチューインガムをくれたりした。

私達は最初彼らを遠まきにしていたが、彼等は積極的に日本の少年に近づいて来た。

私達子供の間では、温泉郷の子供達と疎開者の間の仲が険悪になっていった。

特にロシア人との合の子との決戦の日が近づいていた。

一級上の旅館の息子が総大将で、彼が合の子との決戦の指揮をとっていた。

総大将は合の子一人の為に、私達下のクラスまで動員し、喧嘩道具を入念に準備させた。

私も孝ちゃんもその仲間に加えられた。

道具は木剣の鍔《つば》や、自転車のチェーンであった。私達は総大将の命令通り、各自、鍔の耳をヤスリで砥いてとがらせたり、チェーンをつなぎ合わせて長くし、それを油布で磨きあげたりした。

総大将から決戦の日の各自の配置が言いわたされた。場所は学校の帰路で一寸した広場になっている発電所の前であった。

私と孝ちゃんは、一番後尾に配置され、味方が不利な時に、後から石を投げつける役目であった。私や孝ちゃんが出る前に総大将の予定では勝負は決まっているはずであった。

私は心の中では、合の子に味方したい気持が山々であったが、私の力ではどうしようもなかった。

決戦の日、私達は総大将の命令通り平静をよそおって整然と帰路についた。途中から雨が降り始めた。

発電所の前の広場まで来ると、先頭を行く総大将が手をあげて合図をした。

私達はさっと配置に付いた。合の子の周囲には四重くらいの人垣ができた。総大将が合の子に大声で宣戦布告をした。雨にうたれて立ちすくむ合の子の顔が青くなり、額に青筋を立て、口唇をこきざみに震わせ乍ら、聞きとりにくい早口のロシア語で何か言い返した。

チェーンをぶるんぶるんと回して居た一人が、合の子の肩ぐちをたたいた。木剣の鍔を持った子が飛びかかって行ったがはね飛ばされて水溜まりにころんだ。四、五人が一緒に飛び掛かっていった。合の子はカバン替りの雑のうをふり回した。外側にいた子が石を投げると合の子の額から血がふき出した。顔中が赤くなった。私は後の方でぶるぶる震えて立ちつくして居た。何かせねばと思っても足が地に吸いつけられて動けなかった。

血を見た合の子は興奮して、大声でわめき乍ら総大将めがけて飛び掛かって行った。総大将はつき飛ばされて倒れた。回りの子が、合の子の足に飛び付いて倒した。皆がどっと合の子の上に馬のりになり目茶苦茶にたたいたり、けったりした。すると今迄味方であったはずの久が突然道端の棒切れを拾いあげると、合の子の上に重なっている連中をたたき始めた。「卑怯なことはよせ!」と久は合の子を地べたから助け起こし、その前に立ちふさがって合の子をかばった。

皆はあっけにとられたが、総大将の命令で今度は「裏切者!」と叫んで久に掛かっていった。久は棒切を目茶苦茶にふり回して、敵を近づけなかった。投げた石が久の頭にあたり、血がにじんできた。

久は石を投げた銀杏の木の下にいる子を追っかけて行って頭をたたいた。その子はぎゃっと言って倒れた。久はさらに棒切をふり回し乍ら皆を追い回した。子供達は蜂の子を散らした様に逃げ回り、形勢は完全に逆転した。騒ぎを知った大人達が駆けつけて、喧嘩をやっととりおさえた。子供達は皆んな泣き始めていた。

翌日、喧嘩に参加した子供達は教員室に呼ばれて、二時間もたたされて説教を受けた。合の子のロシア人の母親が来て隅の椅子で、男先生にカタコトの日本語で切々と訴えていた。私は涙が流れて仕方がなかった。

男先生は最後に総大将と合の子の手をとり仲直りの握手をさせ様としたが、合の子は頑として受け付けなかった。

今度の喧嘩で、総大将の権威は失墜し、久の株が上り、皆んな彼を畏敬の目で見る様になった。久は頭の良い子ではなく、むしろ鈍重な方であったが、兄の武が伯父の元憲兵に似てぴりぴりしているのに比べ、久は下の子供達の子守をよくしてやる優しい子であった。

私は久ともよく遊ぶ様になり、下の家にも出はいりする様になった。

久の母のおしんさんは博打が好きで、特定の仲間や、遠くからやって来る博徒達とも打ったりして、子供達をほったらかして徹夜をする事もあった。一番下の子はまだ二才にもなっていなかった。

兄の武の方はそんな母を非難し、夜中でも探し歩いた。久の方は面と向かって母に立ち向かう事はなかったが、炊事や洗濯や妹達の面倒を陰でよくみてやった。おしんさんは博打で負けるとしょんぼりとして帰って来て母にお金を借りにきたり、時には米や味噌まで借りていった。でも根は明るいお人好しの楽天家であった。武だけが何時も一人ぴりぴりしてヒステリックな声をあげていた。

朝、久を呼びに行くと、おしんさんも居て、そろって朝食を食べている時などは明るい楽しい家庭であった。

炊きたての湯気の出ている麦飯に、味噌汁もなく、只大根か、葉っぱの漬物だけの朝食であったが、皆んな漬物を歯切れのよい音でいかにもおいしそうに食べていた。おかずが無い時など醬油をぶっかけて食べていた。私にはそれがとてもおいしいものの様に見えた。

おしんさんの居る時には、武は上機嫌で一人でしゃべりまくっていた。

私と孝ちゃんとノブちゃんは、休みの日や、夜など揃って今林のおじちゃんの所へ遊びに行った。

終戦当時には何百人もいた傷痍軍人達もそれぞれ故郷に帰って行き、替って温泉街には入湯客が次第にふえてきた。

今林のおじちゃんは一人だけとり残されて、客がふえるにつれて次々に粗末な部屋におし込められていった。

私達が部屋にあがって行くと、風呂あがりのおじちゃんが義手と義足をとった無残な姿で、一人ぽつんと座っていた。

手と足が半分しかないおじちゃんの姿が何か、とても奇異に見えて、可愛想でならなかった。

おじちゃんは私達を見て、淋しく笑い、義足を付ける切断部が赤く腫れあがった部分に軟膏をすりこんだ。

秋になると、おじちゃんは帰る故郷がない為に、再びF市の病院にもどる事になるという事を、淋しそうに話して呉れた。

夏休みが近づいた頃、長兄が帰って来た。長兄は終戦の頃農業専門学校に行っていた為に、一人F市に残って下宿して通学していたが、今年の春からは外語学校に替って英語を勉強していたらしかったが、学校にはあまり出席せずに、進駐軍相手のGホテルにボーイとして働いていると母が心配そうに話していたのを聞いていた。

しばらく見ない間に、長兄は背も高く、ひげも濃くなっていた。

年差も随分はなれていたせいもあって、私はあまり長兄と話したこともなかった。長兄は一日中ゴロゴロしていて、時々友達がF市から二、三人遊びに来た。兄はホテルでアルバイトをしている時に、外人の飲み残したビールやウイスキーを飲みならったせいか、アルコールが強くなり、父の目を盗んでは焼酎を飲み、ラジオでジャズを聞いたりしていた。

夏休みになると、一層進駐軍がジープで温泉郷にのり込んできた。

英語が少し話せる長兄は、通訳として重宝がられ、毎日の様に旅館から呼び出しがあった。

兄は米兵からもらった派手な色柄のアロハシャツを着て、外人を連れて温泉郷を案内して回った。そんな兄を持った私は子供達の羨望の的になっていた。兄は毎日酒を飲んで帰って来た。そしてチョコレートやガムを、時には父にウイスキーやタバコを持って帰って来た。

父も母も、その様な兄をあまり喜んではいなく、むしろ酒やタバコをおぼえ、米兵と同じ派手な生活に染まっていくのを心配していた。私達子供は毎日毎日、朝から晩まで川で水泳をして遊んだ。

川で冷えると、石の上で体を焼き、さらに冷えると温泉にはいって体を温め、又川で遊んだ。タオルにじゃがいもをくるんで沸とうする温泉につけておくと、泳いでいる間にじゃがいもは丁度良いくらいに煮えあがり、それに塩を付けて食べたりした。

慰安にやって来ている米兵達は、朝から派手に遊んだ。川から旅館を見あげると、水着一つになった米兵や女性が昼間から酒を飲んで、ジャズをかけて踊ったりしていた。

時には銃声が渓谷に激しく木霊することがあった。

私達は驚愕して岩陰にかくれて、上を見あげるとカンビールを空中に投げ、それを米兵が鉄砲でねらい撃ちしているのであった。

カンビールを投げるのは長兄であった。宙に舞ったカンビールに弾が命中すると鈍い金属音と共に、ビールの泡が空中にふき出してビール缶は宙に左右に揺れ乍ら川瀬に落ちて行った。

すると部屋から米兵や女達の歓声があがり、興奮した射手は、落ちて川瀬を流れるカンビールに向かって無鉄砲に撃ち続けた。

私は危険な遊びの仲間に長兄が居るのが、恐ろしくなり、一人で家へ走って帰り、母に泣きつくのであった。

収入の道が全く途絶えた家計は日毎に苦しさを増していった。

少々の貯えも、インフレの為に底をついた様で、母の着物が食べものに変わっていった。

母が丹精こめた畑には、せまい乍らも、カボチャも茄子もキューリもよくできた。しかし、食盛りの子供が四人もいればまたたく間に食べつくし、カボチャの茎も、とにかく食べられるものは、無駄なく食べた。

次兄は特に太り盛りで、腹一杯食べねば気がすまなかった。カボチャや芋のはいった、だんご汁でも、次兄は何杯もおかわりした。

食後の次兄の腹は、肋骨はやせて浮きでているのに、腹だけは、それも胃のあたりだけは、その形のまま膨脹していて、次兄はそれを自慢して見せ、私にその部をたたかせた。すると、ほとんど水といってよい食物が、腹の中でチャポチャポと音をたてた。

次兄は内容より、とにかく、量を食べて、腹がふくれないと満足しないのであった。

私は母の食事の用意を手伝っていたために、どのくらいの量があるかを知っていたため、食事の時には幼い乍らも、気を遣って食べていた。まだ食べたいと思っても、兄達にゆく分量が減るために、あと一杯をひかえるのであった。

そんな私を母は知っていてくれて、食べ物が残ると私にまわしてくれて、あなたもしっかり食べないと大きくなりませんよと言った。
次兄に対する同級生の仕打ちは増々強くなってきていた。
次兄が皆のたむろしている大きな石に泳ぎつくと、それまで楽しそうに話してい
た同級生達が話しをやめて、次から次に水に飛び込んで違う石に泳いでいった。
私達は都会から疎開して来ていたので、田舎にはない種々の遊び道具、例えば、
コルクの栓をつめて打つ鉄砲や、野球のバット、グローブ、童話やのらくろの漫画
など持っていたが、次兄は仲間の歓心を買うために、それらを持ち出して、彼等に
与えていた。その時だけは二、三日仲間にして呉れるが、すぐ又仲間はずれにされ
ていた。私は家からそれらの物が次々になくなっていくのを知っていたが、母には
内緒にしていた。
夏休みが終わる頃、長兄は父や母にしきりにダンスホールを作ってくれる様に頼
んで困らせていた。
ダンスホールなど地道な生活をして来た両親にとっては破天荒のことであった。
毎夜その事で長兄と両親はもめて、それが受け入れられないと兄は腹を立てて出て
行き酒を飲んで帰って来て騒いだ。
兄はダンスホールが駄目とわかると、今度は背広を新調して呉れる様に父母に迫

り、経済的余裕のない父母を困らせたが、ダンスホールを作るよりましと、父母は無理をして作ってやると、長兄はそれを着て、F市に戻って行った。

二学期が始まると、ノブちゃんに妹が生まれた。

ノブちゃんにとっては七人目の兄弟であった。ノブちゃんは喜んで、私のところに報告に来たが、生後一週間目に、下痢が止まらず、そのまま死んでいった。

生後すぐ死んだために、死んで名前を付けたくらいであったために、葬儀も内輪の簡単なもので、小さな箱に入れられて、土葬にされた。私の母があまり不憫に思い、綿のはいったきれいな着物を着せて、美しく死化粧をしてやった。

妹の出来た事を人一倍喜んでいたノブちゃんは、見るもあわれな程しょげて元気がなくなっていた。

次兄は仲間はずれの淋しさのあまり学校に行きたがらない様になった。そんな兄を、母は無理に学校に連れて行った。

雨の降る日など、母は兄と同じ様に、バッチョ笠を被り、簑《みの》を着てわらじをはき、一里の道を次兄の手を引いて一緒に登校した。

母が無理に登校させる度に、兄は反抗して毎朝泣いていやがった。

父はあまり大声を出さなかったが、時々兄を叱りつけた。

次兄は泣いて家中を逃げ回ったが、父が理由を聞いても頑として話さなかった。

九月末の肌寒い様な雨の降る夕方、私が学校から帰り、土間で遊んでいると、満州から引揚げて来た次兄と同級生の女の子の母親が、次兄が女の子をたたいたと泣き乍ら抗議して来た。

母はしきりとあやまっていたが、女の子の母親は恐しい剣幕でどなりちらし、次兄がつけた顔の傷をどうして呉れるかと詰問していた。

女の子は合の子と間違われる様に栄養失調から髪が赤くなり、やせて背が高く、顔の皮膚はうすく、静脈がすけて見えるような子供であった。

大概の子供達がそうであるように、同級生の中から男と女のコンビが出来ていて、次兄の場合は、無理やりにその女の子とコンビにさせられて、仲間から囃子たてられていた。

次兄はそんなに言われるのがいやでたまらず、わざとの様にその女の子をいじめていた。そんな事を同級生が面白がり、もし女の子をたたいて見せたら仲間に入れてやると言われた次兄は、その女の子を同級生の前でたたいたのであった。

二人の問答を聞いていた父が血相を変えて奥から次兄を引き出して来て、雨の降る道端に立たせ、次兄の頰ぺたを往復びんたでたたき始めた。

その度に次兄は濡れた道端にころがった。ころがった次兄をさらに起こし、父は何もしない弱い女の子をいじめるとは男の風上《かざかみ》にもおけないと、腰車にのせて何度も地面にたたきつけた。

次兄の顔は腫れあがり、見る見るうちに全身泥でまっ黒になり、母と女の子の母も泣きだして父を止めにかかり、近所の人達も寄って来て次兄を助け起こした。

次兄はほとんど意識不明になっていた。

その翌日次兄はおきあがれず、頭を氷のうで冷していた。

母は雨の中を学校の担任の先生に逢いに行った。

私も母について行った。担任の先生も同情して、同級生を集めて激しく叱った。

その後母は教壇に立って切々と、次兄を仲間はずれにしない様に、私達も好きこのんで疎開をして来たのではなく、戦争に敗けて、どうにもならず引越して来ました。同じ日本人同士で、しかも敗戦という苦しい境遇にありながら、日本人同士でけんかをしあうのは止めてほしいと訴えた。

私は母の話しを聞き乍ら泣いていた。女の生徒が泣き始め、しまいには男の生徒も皆んな泣き出していた。

それから気まずいながらも、次兄を仲間はずれにする事は段々うすれていった。

母はそれからも積極的に同級生の融和につくしていった。

兄達の国語の教科書にベートーヴェンの生涯の伝記がのっていたために、実際にベートーヴェンがどんな作曲をしたか生徒に聞いてもらいたいと、家から蓄音器とレコードを運び先生に、これを生徒に聞かせてほしいと頼んだ。

先生は喜んで生徒達にベートーヴェンの「田園交響曲」を聞かせた。

透き間風のはいり込むあばら屋の様な校舎にベートーヴェンの名曲が静かに流れて生徒達は聞きいった。

秋口になり、山峡の空が気も遠くなる程澄みわたり始めると、父はまだ病気の本当にぬけきれぬ体をおして頻繁にF市に出掛けていった。

父は第二の故郷と定めたF市への復帰を企だてていた。

裸一貫でF市の市会議員までなった父は、立志伝中の人間で、そのために常に子孫に美田を残さずと言う主義を持ち続けたために、住んでいた土地家屋も全て借りものであった。

父は知己を頼って復帰の努力をしたが、戦後の混乱状態では、他人の世話をする程の余裕を誰も持ち合わせていなかった。

焼野原と化していた市街地にも、どんどん家が建ち始めて、いざ土地を求め様とする時には、とても父の財力では買えない程に高騰していた。

夜遅くバスを乗継いで帰って来た父が、晩酌の焼酎を飲み乍ら、市街地の変貌の模様を、横で一升瓶の中に玄米を入れて、棒で精米している母に話していた。

母が話しを聞き乍ら時々もらすかすかな溜息に、私は戦後の焼野原の中からぞくぞくと雑草のはえる様に建ち並ぶバラックや闇市、そこに蟻の様に集まって来る人々に対抗して、F市に復帰することは父や母の力ではもうどうにもならなくなっていたし、これから先温泉郷でなんとか生計の道をたてねばならぬ絶望がふくまれている様に思えた。

秋が深まるにつれて、温泉郷にも都会からの敗残者が流れ込み、心中や自殺者が相ついだ。

芸者を連れてやって来た町の実業家と称する男が、連夜の散財のあげくに短刀でさしあっての無理心中や、宿泊に来てダイナマイト自殺をした家族や、村はずれの洞穴に住み込み生活につかれて睡眠薬を子供達の飲ませた後に夫婦は縊死するといった事件が次々におこった。

私はその度に胸がしめつけられる様な悲しみと恐怖におそわれ、父と母が生きて行く事への気力を喪失した時には、私の一家もダイナマイト自殺した一家や、洞穴で死んで行った一家と同じ運命をたどるのではないかと心の中で思うのであった。

実際私の家もいよいよ窮乏していっていて、父は時々私や兄を連れて山野をさまよい、食料になる様な雑草を集めて試食をしてみていた。

ある時など、岩と岩の間に、とてもやわらかく粘りのある純白の土を見つけた時など、父がこれは小麦粉のやわらかさに似ており、食料になるかも知れないと家に持ち帰り、ゆがいて家族に食べさせ様としたことがあった。

私はあまりのみじめさに、口もとに持ってきた時、思わず泣き出してしまい、父はハッと目をひらくと、ゆで上げた土団子を庭に持って行き捨ててしまったことがあった。

私はその夜、父の真意を測りかねて、いつまでも恐怖と悲哀のために寝つかれず泣きあかした事があった。

温泉郷に、早くも寒々とした時雨が降り始めた頃、村に流感がはやり始め学校も休学になった。私の家でもすぐ上の兄がかかり、毎夜犬の吠える様な咳をして苦しんだ。兄はもともと体が弱かった為に一層やせほそり、見るも哀れな姿になった。

母は毎夜寝ずの看病を続けたが、私はひょっとしたら兄は死ぬのではないかと思った。

隣のノブちゃんも流感にかかった。隣りでは家族の全てが流感にかかり、うす暗い部屋に皆んながうんうんうなり乍ら寝ていた。

私はノブちゃんを見舞ってやりたかったが、母が行かせて呉れず、母だけが時々様子を見に行ってやっていた。

四、五日目の朝方、ノブちゃんのお母さんが私の家の戸を激しくたたいた。ノブちゃんが死んだのであった。

私はノブちゃんの死を聞いて大声で泣き叫んだ。私の兄はどうにか助かった。ノブちゃんの葬式も幼いということで簡単にすまされた。

ノブちゃんの妹が生まれた時に、あんなに喜んでいた妹の墓のすぐ横に土葬されて、小さな土饅頭が作られ、小さな素木な墓が建てられた。

私と孝ちゃんは時雨の降るなかで、ノブちゃんの墓に水を二人でかけてやった。

父は残されていた唯一の財産であった山を処分することに決心をしたらしかった。

そして父は最後の望みを掛けてF市に出掛けて行ったが、私達が住んでいた土地には既にバラックの鮨屋と肉屋が建っていて、落胆して帰って来た。

その頃は母は自慢の歯をいためて、歯医者通いをしていた。

実際母の歯は丈夫で四十才を過ぎても、虫歯一本なく、食料難の時でも、少ない御飯を一度口に入れたら、一口に三十回は咀嚼しなさい、そうすれば、歯も丈夫になり栄養もつくと私達に教えてくれた。

母は何度も歯医者通いをした末に金歯を二本入れた。私は必ず母についていってたために、その夜の母の顔を覚えていた。

母が歯を入れ終って、値段を聞くと、それは私達の胆を冷やすような値であった。母の顔が一瞬蒼ざめて、手にしていた財布がぶるぶると震えるのが私の目にもわかった。

私と母は寒々とした夜気に、月の青白く照りつける夜道を帰って行った。すでに道や旅館の屋根に白々とした霜が降りて、その上に温泉の白い湯煙が氷った様に垂直に立ちのぼっていた。

母は私に毛糸の首巻を頭から被せてくれて、黙って夜道を帰ったが、父の待つ家への足はどうしても鈍りがちであった。

「ねえ、拓郎ちゃん、お父さんは何と言うだろうね。この歯のことを」

と母は口を開く度にキラッと光って見える金歯をいまいましそうに、手でかくす様にして私に尋ねた。

私は母がこんな事で心配せねばならないのが可哀相でならなく、

「お父さんだって話せばわかってくれるよ。それに歯はいれれば一生もつのだから安いもんだ。これからは僕もおねしょしなくなり、勉強もする様になるから、そう言ってお父さんに許してもらおうよ」

と私は一所懸命母を励ます様に言った。

母は私の詞を聞いて、私をしっかりと抱きしめて泣き出した。

私達が家に帰りつくと、父が心配して起きて待っていてくれた。

母は入れて来たばかりの金歯をかくす様に、入れ歯の値段の事を父に報告した。

父の顔にも一瞬、当惑《とまどい》の色が走り、黙って考え込んでいた。

私は父の発言がこわく、

「お父さん、これからは僕もしっかり勉強するし、おねしょもしない様にするから、どうぞお母さんの入れ歯は許して下さい」と父に懇願した。

父は私の顔を少し涙ぐんだ目で見つめ、

「入れてしまった事を、もうとやかく言っても、終わったことは仕方がない。拓郎もう心配しなくともよい、お父さんが何とかするよ」とやさしく言って呉れた。

母と私は父のやさしい言葉を聞いて、思わず泣き出した。

翌朝、父は処分した山の代金を受け取るため、父の里に出掛けていった。

私と孝ちゃんは久しぶりに、今林のおじちゃんに呼び出され、おじさんと旅館の女中さんを連れて、ノブちゃんの墓参りに出かけた。

おじさんは、何か晴々とした顔つきをし、私と孝ちゃんに歌をうたって呉れたり、山を登る間中、私達に将来どんな人間になるかなど聞いたりした。ついている女中さんだけはどこか沈んだ表情をして黙っていた。

義足はしていてもおじさんは、上手に山を登っていった。

ノブちゃんの木の墓標は、一寸見えぬ間に、風雨にさらされて、少し黒ずんで見えた。

墓参りの済んだ後、おじさんは疲れたと言って、私と孝ちゃんを先に帰らせ、おじさんと女中さんは、少し休憩してもう少し上に登り温泉郷が展望出来る場所まで行くと言っていた。

私と孝ちゃんは何故か、後髪をひかれる気持ちで二人を後にした。

家に帰ると、父が帰って来て、神棚に部厚い札束をのせて、柏手をうっていた。

そして、母に

「これで家の財産も売りつくした。これからはこれを元手に山の買売か、薪物を

Ｆ市に運んで売る商売をしようと思っている。お前もしっかり覚悟して、頑張らねばならないぞ」と言った。

母も神棚にお参りして、父の言葉に正座してうなづいていた。

Ｆ市への復帰への道がたたれ、父と母は、この温泉郷で生計をたてざるを得なくなっていた。

番頭や女中を十数人も使って豊かな生活をしていたことへの懐しさと、私のかすかな記憶に残っているＦ市の花電車や、賑やかな大通りが、私の脳裏で激しく渦巻いた。

父は晩婚であったため、五十才を過ぎていたのにまだ小学二年生である私を含めて、男の兄弟ばかり四人いた。

父と母の胸中には、この四人の息子を一人前に育てあげねばならない重い責任がうずくまり、私も背筋をキーンとしめつけられる様な緊張感に迫られた。

夕方、私と孝ちゃんは下の公園で遊んでいた。私の脳裏には、神棚の部厚い札束への安堵感と、きたるべき父母の苦労が天秤にのせた様に、めまぐるしく揺れ動いた。

母が家から、私と孝ちゃんを大声で呼んでいた。

私と孝ちゃんが駆け上がると、私の家の周囲に村の消防団の人々が、消防服を着て押しかけていた。

今林のおじさんと女中さんが、遺書を残して山で自殺したらしかった。

私と孝ちゃんが、その道案内をした様で、その場所まで道案内をせねばならなかった。

二人は消防団員にこずかれる様に走らされた。

私の心の中に、今林のおじさんが死んだ事が信じられず、私は大人の後を一所懸命に追いかけていた。

私は大人の激しい怒声のなかで、今林のおじちゃんの、白い傷痍軍人の服を着た淋しい姿が浮かびあがり、その淋しさを消す様に、何時も「さらばラバウル」の歌を唄っていたおじさんの姿と歌声を思い出し乍ら、孝ちゃんに手をひかれ息せいて大人の後を一生懸命に登っていた。

三毛猫とシャクナゲ

裏山のシャクナゲの咲き具合を見に行こうと滝山円造《たきやまえんぞう》が立ち上がると、三毛猫のナナも腰を上げた。今年は桜が三月末に終わったので、シャクナゲも早そうであった。桜の二、三週間後にシャクナゲは良い季節を迎える。今年こそは従兄弟の二宮《にのみや》高夫《たかお》にこの花を見に来て貰おうと、つい三日前に電話していた。

高夫は円造より三歳年下であったので、今年七十五歳になっている筈である。四十年前の昭和三十三年に、高夫はこの村に見切りをつけて名古屋に出ていった。九州の山奥の村ではどう働いても、食べていけないと考えてのことであった。同じ年代で、戦場は違っていたが、円造は中国、高夫はフィリピンでの軍隊生活を送った。二人は兄弟以上に仲が良く、何でも相談し合っていた。故郷を出ると聞いて円造は、村に残るように高夫を懸命に説得したが、生活がかかっていることであり、どうしようもなかった。

高夫は村では一番の山林持ちの五男坊だったが、山林は換金性に乏しく、農地は殆どなかった。山峡には細々とした棚田があったが、食べるのがやっとであった。

町の方の大きな農家は、都会から食料を買いに来る人に農作物を高く売り、大儲けをしていた。百円札が一寸《いっすん》貯ると寸祝《すんいわ》い、一尺《いっしゃく》貯ると尺《しゃく》祝いをしていた。円造の村は農作物も乏しかったので、そのような余得など全くなかった。

村を去るも地獄、残るも地獄という時代であった。高夫は、戦友が名古屋で自動車のブレーキ製作会社を営んでいて、それを頼っての離郷であった。円造には老いた両親がおり、長男として貧しくとも山村の家を守らねばならなかったし、また都会で生活する自信は全くなかった。

いかに仲が良くても離れれば次第に疎遠になり、賀状の遣《や》り取りと冠婚葬祭の時に会うぐらいになっていった。

円造は小川に架かる石橋を渡り、山道を五十メートルばかり登り村全体が見渡せる所に来ると、タバコに火をつけた。円造は必ず同じ場所で同じことをする。三毛猫のナナは腰を下ろした円造を見上げるとひと声ニャーと鳴いて、周りの草を嗅いだり、食べたり、山清水を飲んだりする。ナナはもともと、高夫の兄の猪一郎の家で生まれた猫であった。

八年前、猪一郎が老衰で危篤状態になった時、高夫は二週間程帰省して兄の看病をした。猪一郎は高夫にとっては生き残っている唯一の兄であり、二宮家の総本家の当主である。円造も猪一郎には大変世話になっていた。親戚でもあったが、猪一郎は円造を可愛がり、頼りにして二宮家の山林の手入れ作業等を円造に任せていた。

終戦後の唱和二十五年頃には二十四軒あった村も、今では過疎で七軒しかない。疎開者や引き揚げ者などで小さな村が膨れ上がって過密になった時も、村を去る人が出て来て次第に過疎になっていった時も、猪一郎は村の指導者として私財を抛《なげう》って村を守ってきた。高潔な人柄であったので、皆から慕われた。

円造も猪一郎の最後の一ヵ月の間は、毎日枕元に詰めていた。高夫と円造は久しぶりに思い出話や近況を語り合った。猪一郎は呼び掛けには微かに反応するが、自分から眼を開けたり話すことも出来なくなった。そんなある日の午後、前庭の大きな白壁の蔵の陰から、よちよちしながら出て来た生まれて間もない、三匹の三毛猫を高夫が見つけたのだった。

数年前に二宮家には白と茶色の混じった雌猫がいたのだが、何時の間にか姿を消していた。その猫が帰って来て密かに三匹の三毛猫を生んでいたのであった。猪一郎の寿命は迫っていたが、三毛猫は縁起の良いものと考えられていたので家族は喜んだ。高夫は大変な猫好きで、子猫について回るようにして可愛がった。次の日に一匹が死んで二匹が残った。

猪一郎の意識がついになくなった。気持ちよさそうに眠っているように見えた。老衰であり他に病気はなかったので苦痛の表情はなく、小さくなった体は赤ん坊が昼寝しているかのように見えた。

その日から、高夫と円造は村の中を子供のように歩き回った。死を待つ間で不謹慎のようであったが、二人の心は安らいで子供に帰ったようであった。お祭りの日のご馳走の出来るのを待って遊んでいるような心境でもあった。秋の稲刈りの済んだ季節で、紅葉が少しずつ染まり始める頃であった。刈田になって山の中腹まで段々に続く棚田、幼い頃の夏休みに植林させられた思い出の山また山、魚を釣った谷川、こんな小さな学校で学んだのかと思う小学校舎、それを蔽《おお》い隠すように大きくなった紅葉の樹々。二人は、ただ、黙って歩いた。村の中の景観の全てが四十年間の歳月を語っていた。

二十四軒あった家が七軒になっていた。村を去った家の殆どが、生活苦であった。中には、博打で失敗しての夜逃げや大酒飲みでの家庭不和、または病気のためもあった。捨てられた家は、大概壊されて田んぼになったり、杉が植えられたりしていた。廃屋《はいおく》として残り、今にも倒れそうな家も二、三軒あった。

円造は高夫を自宅に連れていった。昔、高夫はよく遊びに来ていた。円造の両親は疾《と》うに亡くなり、五人の子供たちもあちこちに出て世帯を持っているので、円造夫婦は二人住まいになっていた。

「明るくなったですね」

高夫は感慨深げに言った。すぐ隣にあった家がなくなり、そこは苗木《なえぎ》の植栽場になっていたので、昔とは全く違う眺望が開け、村全体と取りまく山々が一望のもとに見えた。

「この苗木は何の木ですか」

高夫が昔と変わらぬ礼儀正しさで聞いた。

五十センチくらいのシャクナゲの苗木が百坪くらいの畑に隅々まで植えられていた。円造はここ十数年程、仕事の合間にシャクナゲを植栽していることを話した。高夫は興味を示した。都会生活では出来ないことであった。もともと花や木を育てることが大好きであった高夫には羨ましかった。

しかし、円造にとってそれは興味だけではなく生活費を稼ぐことでもあった。円造はシャクナゲを栽培することになった機縁を話した。

高夫が幼い子供を連れ一家をあげて名古屋に移住したのち、円造にも、この村には良い仕事はなかった。数反の田んぼを作り山林の手入れ仕事に時々雇われて行くぐらいでは大した収入にならず、生活は苦しかった。砂防工事や道路補修工事で手間賃を稼いでいたが、それも安い賃金であった。

昭和三十四年皇太子殿下の御婚礼から、テレビや洗濯機、電気冷蔵庫が普及し始めたが、山村の収入では、どうあがいてもそれらを買うことは出来なかった。無心にテレビを欲しがる子供たちを見ていると円造は情けなかった。砂防工事場で円造の仕事ぶりを見ていた現場監督が、家を離れて遠くに行かねばならないが、高圧電線の鉄塔建設なら、ここの賃金の三倍は貰えるが、行ってみないかと勧めてくれた。円造の人柄と体力を見込んでのことであった。円造は迷った。家族は反対したが、貧しい生活を打開するには仕方がないと円造は決心した。建設現場は北は鳥取県から南は鹿児島までと広かった。

夏は鳥取方面、冬は鹿児島といった具合に年中仕事があった。殆どが山間部の峻険な場所で、機材はワイヤロープで運搬し、場合によってはヘリコプターで運び込まれた。四十歳近くになっていたが、円造は懸命に働いた。

危険な仕事ではあったが、電力会社がついているので賃金も高く宿泊は立派な旅館であった。鳥取の時は三朝《みささ》温泉、鹿児島の時は林田温泉の旅館で待遇もサービスもよかった。旅館代も電力会社がきちんと支払ってくれるので、大名気分であった。この村から鳥取まで、汽車でも会社のマイクロバスでも丁度十三時間かかった。いずれも中間地点は津和野であった。

鉄塔工事をはじめて八年目の春、円造は大山《だいせん》近くの工事場の帰りに道に迷った。山村育ちで山歩きには自信があったが、迷い込んだら全く方角が判らなくなった。春の日暮れは早かった。寒さが急に押し寄せてきた。動いたら死に繋がる、と円造はあせる自分を抑えた。森の中の大木の下で焚き火して暖をとった。仲間が必ず迎えに来てくれると円造は信じた。夕闇の頃、あれだけ騒がしかった鳥の声もぴたりと止んで、フクロウだけが時々鳴いた。空腹は感じなかった。とにかく睡らずに起きていようと自分を励ました。

森の中で、闇と寒さがしんしんと身を包んだ。

焚き火をじっと見詰めることで恐怖に耐えた。ふと目を上げて森の奥を見ると、樹々の間の先の方が、雪が降っているように白く光って見えた。

円造は夜空を見上げた。梢の間から皓々《こうこう》とした月光が見えた。森の中に埋もれて、円造は月光に気が付かなかった。焚き火を消すと円造は魅せられたように、森の向こうで白く光る雪原のような所へ歩いて行った。暗い森でよろけたり転びそうになったりした。森が切れると、山の斜面が目に痛い程白く輝いていて、円造は一瞬蕎麦《そば》の花かと思ったが、その季節でないことに気付いた。恐る恐る寄ってみると、それはシャクナゲのようであった。

円造はシャクナゲのことを詳しくは知らなかったが、花弁や葉の形から、昔見たことがあるのを思い出した。目前に白とピンクと赤色の波が向こうの山まで続いていた。頭の中が真っ白になるような感動を覚えた。

寒さも疲労も恐怖も忘れた。円造は体内から力が湧いてくるのを感じた。花の中を円造は、ひと晩中歩き回った。

シャクナゲ園で茫然と立ち尽くしている円造を、夜明け前に救援隊が保護した。

それから円造はシャクナゲに取り憑《つ》かれた。シャクナゲは円造の命の守り神でもあった。数年後、円造はその群生の地を再び訪れ、岩石や朽ちた木に実生《みしょう》したシャクナゲを家に持ち帰り、栽培を始めた。

六十歳を過ぎ、肉体的に鉄塔工事が無理になってからは、シャクナゲを育てて売ることが円造の楽しみになり、生活も支えていた。

高夫は円造の話を聞くと、シャクナゲの苗木の所へ行き、一本一本を手に取り丁寧に観察し、いとおしそうに嗅いだりした。

「円造さんも大変だったんですね。でも、シャクナゲ栽培という趣味と実益を兼ねたこんなに楽しい仕事を持って幸せですよ。私なんか、何んぼ売れ、何んぼ損したの販売競争の一喜一憂の毎日で、味気ないものです」

高夫は静かな山村の生活が本心から羨ましそうに言った。

「高夫さん、四月中旬のシャクナゲのシーズンに帰って来ませんか。それは美しいものですよ」

「ええ、あと数年はまだ走り続けねばならないでしょうが、その後にはシャクナゲを見に帰って来ますよ、必ず」

高夫は、すぐ眼下の小さな村と、眼の前に茫々と広がる九州山地を見ながら誓った。

三日後に猪一郎は亡くなった。

初七日と四十九日の法要が、亡くなって五日目の日曜日に同時に営まれた。それ

が終わると高夫は再会を約して名古屋へ戻った。親戚が遠くに散り散りになってい
る現在では、死後の法要も早々に済まされるようになった。昔は初七日、ふた七
日、……、四十九日、初盆などと法要は丹念に行われた。それが日常のリズムであ
ったが、今は長生きをして、早々に死んでいく。

猪一郎が亡くなって八年目の春の日曜日、円造の子供たちが花見に帰って来た。
円造には三男二女がいた。一番上の長男は五十二歳で、一番下の次女も四十歳にな
っていて、孫は全部で十名いる。長男はJR九州、次男は警察官、三男は自衛隊員
となり、長女は高校教師に、次女は町役場の職員に嫁いでいる。皆《みな》固い、安定した
職業である。円造は自分の来《こ》し方――戦争に行ったり、農業、山林業、土方、出稼
ぎの鉄塔工事などを振り返って、子供たちの豊かで、ゆったりした暮らしを羨まし
いと思う反面、こんな平和な生活をしていて大丈夫かと心配に思うこともある。
裏山の神社の参道にある桜並木の下に茣蓙を敷いて、毎年花見をすることにして
いる。ここからは村が一望出来る。村の所々に桜があるのを意識するのはこのシー
ズンだけである。険しい杉山の中にもぽつんと桜が一本混じっているのが見える。
「あんな所に桜があったかな」

長男が杉山の中の桜を指して尋ねた。

「毎年見ているけど気が付かなかったな。あんな所にわざわざ桜を植える人もいないだろうからね。毎年来る度に何か新しいものを発見するようだ。俺も年になったね」

と次男が笑った。

「あの桜、私が小さい時からあったわよ。だって学校の写生大会の時に私、何度も描いたことがあったよ。あの桜を描いて小学校で褒められたので、中学校でも描いたらまた褒められ、高校でも褒められたもんね」

次女が誇らしげに言ったので笑い声があがった。孫たちは花より三毛猫のナナを追い回して遊んでいる。

「あのナナも七年くらいになるでしょう、うちに来て」

長女が円造に確かめた。

ナナのことは、母のトヨより父の円造の方に尋ねる。それも、ちょっとトヨを気遣いながらである。ナナは猫好きの円造の方にとても懐《なつ》いていた。トヨは猫をあまり好きではなかった。どちらかといえば犬の方が好きだったので、敏感な猫はそれを感じるらしい。

「ナナも不思議な猫だよね。猪一郎おじいさんが亡くなったら、あの家からここに引っ越したみたいに移って来たのだからね」

猫好きの三男はナナを膝に抱いて頭を撫でながら言った。

「それにしても、名古屋にいる高夫おじさんは猫好きだったね。猪一郎さんが危篤というのにナナを追っかけ回していたものね。ナナを名古屋に連れて帰りたいようだったけど、猫毛アレルギーの奥さんに叱られていたものね。でも何でナナはこの家に来たのかな。お父さんがちょっかい出したのかな」

次女が母トヨの顔を見ながら、父の円造を少し睨んで言った。

「馬鹿なことを言うて。俺はちょっかいなど出していないぞ」

円造が真顔《まがお》で顔を赤らめて打ち消した。


ナナは猪一郎の四十九日の法要が終わって客が引き上げた翌日の朝、円造の前庭で見つかった。ガサガサと雨戸を引掻く音に気付いて、円造は目が覚めた。雨戸を開けてみると、掌に乗るような三毛猫が縁側に座っていた。猪一郎の所にいた子猫であると判ったが、誰かがここに捨てに来たものと思った。円造の家から猪一郎の所までは五百メートル以上あった。かなりの上り坂で途中には石段もあり、生まれて一ヵ月しか経っていない子猫が自力でここまで来れる筈がなかった。

三匹生まれて、一匹は死に二匹残った。一匹はいらないので猪一郎の孫が、密かに裏山に捨てに来たものと円造は思った。厄介なことになったと思った。円造は猫好きだから飼ってもよいと思ったが、妻のトヨがあまり好きではなかったので飼えないと考えた。だが、可哀相だったのでとにかく家に入れた。腹が空いているらしくて動けなかった。トヨに分からないように冷蔵庫を開け牛乳をお碗に入れてやると、小さいくせに全部飲んでしまった。そうしてフラフラしながら納戸の中に入っていった。

夕方、円造が畑仕事から帰って来るとトヨが子猫を膝に抱えて牛乳を飲ませていた。

「明日、山に行くとき捨ててくるよ」

円造はトヨの心中を察して言った。トヨは黙っていた。夜中じゅう子猫は小鳥のような鳴き声をあげて家中を歩き回っていた。

翌朝、円造は鼻の穴が痒くて目が覚めた。子猫が来て円造の鼻の穴を小さな舌でペロペロ舐めているのであった。子猫は捨てられると感じて主人の機嫌をとっているのだと思った。円造は子猫を抱えてトヨの布団の上に置いた。

子猫はトヨの鼻を舐めはじめた。トヨはびっくりして起き上がり、それが子猫の仕業と知るとさらに驚いた。しかし、邪険には扱わなかった。朝食後、円造が子猫を山行きの籠に入れようとしていると、

「この猫、何かの縁でこの家に来たのだから飼ってあげましょうよ。もう、あなたと私しかいない家なのだから。それに縁起のよい三毛猫だもの。子供たちの中の誰かが家に帰って来て、私たちの面倒を見てくれるかも知れないから」

とトヨが少し照れくさそうに笑いながら円造を引き留めた。

「お前、猫、嫌いなんだろう」

「嫌いじゃないのよ。ただ猫は気味悪いところがあるでしょう。それに生き物は死んだ時が辛いのよ」

円造は籠から子猫を降ろした。子猫はよろよろ歩きながらトヨに近づいた。トヨは気味悪そうに立ち上がった。

子猫はナナと名付けられた。

「高夫おじさん、あの子猫がここにいると知ったら喜ぶでしょうね。あんなにナナを欲しそうにしていたものね。ナナは捨てられたのではなかったのよね。自力で

ここまでやって来たのよね。猪一郎さんの家のお孫さんたちは、随分探し歩いたと後で聞いたものね」

次女がナナを三男から受け取りながら言った。

円造は次女の言葉を聞いて、高夫をシャクナゲ見物に誘う時にはナナの話もしてみようと思った。

皆も大分酔いが回ってきていた。

「それにしても静かだね。花見をしているのはここだけだものね。皆どこに行ったのだろうね。昔は派手にやっていたのにね」

長男が立ち上がって、背伸びすると、ヤッホーと山に向かって叫んだ。小さな木《こ》霊《だま》が返ってきた。

昭和三十年代までは、花見は村人の楽しみで、お祭りのひとつでもあった。大人も子供も、当日は朝から総出で準備をした。鶏をつぶし、刺し身にしたり、がめ煮を作ったり、鶏飯《とりめし》も炊いた。三味線、太鼓で日が暮れるまで賑わい、電線をひいて夜桜見物までやった。

今は若い人がいないため、花見は近くの温泉旅館のバスが迎えに来て、風呂に入り酒を飲んで、カラオケを歌って夕方には家に帰り着く。

花見の翌日、円造は高夫に電話した。

思いがけない電話に高夫は驚いたが、シャクナゲのことはよく覚えていたし、三毛猫のことを話すと大変喜んだ。

会社を退職していて、時間はいくらでもあるので、是非シャクナゲを見に行きたい、と嬉しそうに答えた。

円造は緊張した。高夫を名古屋から呼ぶのだから失望させてはならないと考えた。それから毎日、円造はシャクナゲの手入れに没頭した。

まだ蕾は固いが、一つひとつを観察、手で触って元気のないもの、色の悪いものは摘み取った。蕾の多すぎる枝や偏《かたよ》っているものは整えた。

ナナは円造のあとをついて回る。時々鳴き声をあげて円造の気を惹《ひ》こうとする。円造も、

「シャクナゲは奇麗だろう。よく見なさい」

とナナに話しかけた。円造が話しかけるとナナは必ず返答した。ナナには自分の言葉が分かる、と円造は思っている。

円造は大山の山奥で道に迷った時の不安と、月光に照らされたシャクナゲの群生

を見た時の恍惚を、老いるに従って鮮明に思い出すようになって来ていた。命を救ってくれたのもシャクナゲであり、老いてこの山村に住み続ける意欲と楽しみを与えてくれたのもシャクナゲ、と円造はしみじみ思うのだった。

円造にも、この村を捨てようと思ったことが何度もあった。

ＪＲに勤める長男からも、円造とトヨが二人とも七十歳を越えた頃から、村を捨てて都会に出て来て同居しないかと勧められた。社宅住まいでは狭くなり、息子を地元の大学に入れることを決心した長男は、福岡市の近郊に家を新築した。長男は建築の資金援助を期待しているようであったが、口には出さなかった。

二人合わせても十万円そこその年金で細々と暮らしているのを知っていたし、山奥の老朽化した家屋、二反半の田んぼ、値下がりした山林などを売っても、幾らにもならないのを長男は分かっていた。

円造は長男が新築するのに、幾らも出してやれない自分を情けなく思ったが、どうしようもなかった。五十万円くらいならと円造は長男に言ったが、長男はそんな大事なお金は貰えないと涙ながらに謝《ことわ》った。

長男が福岡に家を新築してこの村に帰ってくる可能性がなくなった時、円造は逆に、村を離れることは絶対にしない、と誓った。

都会に出るのが億劫というより、この村に命を埋めたいと無性《むしょう》に思った。病気で動けなくなった時のことが一番心配であったが、幸いに円造もトヨも元気にしていた。

円造の村は九州の中央部にある人口六万五千人程の市の南西の外《はず》れにあった。市の中心部から十二キロあり、あと一キロも登ると隣県との境で、九州山地の深い襞《ひだ》の中にあった。

市の中心部とは標高差が四百メートル近くあるので、市街地からはかなりの急勾配の山を登って来ねばならない。杉ばかりの山道である。九州山地の中でも、この市の周辺は山また山の頂までもが、全て杉に覆われていた。江戸時代の末期から、湿潤でありながら日当たりのよい急斜面の山々が杉の植林に適していると分かってからは、村人たちは競って杉を植えた。雑木林は全て杉山に変わった。杉が植えられなかったのは岩山だけであった。

何万町歩という雑木の山が、完全に杉山に置き替えられた。

円造は十八歳の時に中国戦線に出兵して、自分の育った故郷の山と、山の様子が全く違うのに驚いた。山といえば杉山と円造は思い込んでいた。三十歳過ぎて鳥取県の大山に出稼ぎに行った時も、山容と樹種の違いに驚いた。そこにも殆ど杉は植わっていなかった。

円造の村は高地なので、市街地とは年間の温度差が五度くらいあった。夏は冷房はいらなかったが、冬はとりわけ寒かった。円造が子供の頃から昭和三十年代初めの出稼ぎに行き始めた頃まで、本当に冬場は寒かったという記憶がある。冬の間中、氷が溶けることはなかった。炬燵以外の暖房がなかったせいもあったが、とにかく寒かった。それが大気汚染のせいなのか、昭和四十年頃から冬が寒いということを段々に実感しなくなった。

昔は家の中に下げてあるタオルが凍って棒のようになっていたし、湯のみの飲み残しに氷が張るし、汲み取りの糞便が凝固していた。

寒さは年々和らいで来たが、今でも円造の村にはバスが通っていない。四キロ下った所までで、それからは歩かねばならない。

円造は車の免許を取得していなかった。

日本が車社会に突入した昭和三十年代後半から四十年代に、円造は四十歳を越していた。戦地で車輌の整備をしたこともあるので免許を取る気になれば能力はあったのだが、出稼ぎに出ていた頃で、どう頑張っても車を買う金が出来そうになく諦めた。

その事が円造の老後の生活を不便にしていたが、反面、世の中から隔絶された自由な生活を保持していた。食料品を含めた日常生活用品は週三回やって来る移動販売車で間に合った。五人の子供たちが交代のように一ヵ月に一度は帰って来てくれるので、その都度入用なものを電話すれば買って来てくれた。

困るのは不時の病気であった。運がよければ町へ仕事に出掛ける人の車に乗せて貰えるが、大概はタクシーを呼ぶ。そうすれば往復で六千円はかかる。

だが普段は不便を感じることもなく静かな生活が送れた。テレビも滅多に見ない。新聞もいらない。時々ラジオを聞くだけである。

一日三回食べて、その時、ナナも膝の上で一緒にご飯を食べる。夜は早く床に就くと、何時の間にかナナが横に寝ている。春夏秋冬、その時節の野菜を植え、花を咲かせ、二反弱の田んぼを作れば、一家族が食べられる量の米が出来た。

円造が一年で一番緊張するのはシャクナゲのシーズンである。誰に見せるというのではなかったが、とにかく美しく心に残る花を咲かせたかった。子供や孫が見に来ることもあるし、町のシャクナゲ好きの人々が三々五々と見物に来て、時にはそれを買っていく人などもいた。数年前までシャクナゲの苗木を隣町の植木屋にまとめ売りしていたが、実生の苗木が減ってからは、円造は売る数を制限するようになった。

花が盛りの頃、杉丸太を運ぶトラックの運転手が、車を止めてわざわざ裏山まで登ってくる時などは嬉しかった。だが円造は、シャクナゲを丹精するのは自分のためということが分かってきた。花が自分に話しかけてくるのを、円造は感じた。真昼の陽を浴びている時も、真夜中の月光に照らされている時もシャクナゲは〝今年は奇麗に咲かせてくれたね〟とか、〝今年は少し色合いが悪かったね〟などと言葉を囁きかけてくる。

ナナを抱いて夕食後のタバコを吸っていた円造に、シャクナゲの嬉しそうな声が聞こえた。それで、円造は高夫に電話した。

田んぼの畦道を登っていくと、赤や黄、白のチューリップの花の中に三毛猫が寝そべっていた。高夫はそれに気付くと立ち止まった。この猫が猪一郎の四十九日法要の翌朝に円造の家に移ったナナと思うと、高夫は顔が上気するのを覚えた。昔の恋人に会ったみたい、と苦笑した。あれから八年が過ぎていたが、高夫が追っかけ回していた時の生まれたばかりの三毛猫の面影が残っていると感じた。

ナナは高夫に気付くと驚いて顔を上げたが、暫く高夫を見詰めた後、ゆっくり起き上がると前庭の方へ歩いていった。猫を目で追っていると、高さ三メートルもある真っ白に咲き誇る満開のシャクナゲが目に入った。頭をドーンと叩かれたみたいな美しさであった。

屋内に事あり顔で入って来たナナに気付いて、円造が縁側に出て来た。春先の午後の陽が逆光になって高夫の姿が暫く見えなかったが、高夫と気付くと円造は急いで前庭に降りて高夫の手を握った。

「想像していたよりずっと奇麗ですね。シャクナゲがこんなに奇麗とは思わなかった。まるで真珠のような色をしているのですね」

高夫はシャクナゲの花びらを手に取ったり嗅いだりしながら讃嘆した。

お茶の用意が出来た、とのトヨの声で高夫は座敷に上がった。持って来た菓子箱を仏壇に供え、線香をあげてお参りした。

「嬉しいですね。昔は、この部屋でよく飲んで夜遅くまで話し込んで。トヨさんには迷惑ばかり掛けて」

高夫は深々と頭を下げながら昔の礼を述べた。

「あの頃は若くて元気がよかったですからね。高夫さんも名古屋に出て成功して、立派な社長さんになられて」

トヨがナナを円造に渡しながら言葉を返した。

「なんの、零細企業の雇われ社長ですよ。昨年、やっと解放されました。近頃は故郷のことばかりが懐かしくて。帰って来たかったのですが、なかなかチャンスがなくて。円造さんに誘われて本当に嬉しかった。私には、やはり都会より田舎が合っているのが、今日つくづく分かりました」

円造夫婦の自家製のお茶を、高夫は美味しそうに飲み干した。

高夫は戦友を頼って名古屋に出た。最初は車のブレーキを造る技術者としてであった。だが、高度成長時代になって競争が激しくなった。販売合戦に勝つことが、企業としては何よりも大事であった。高夫は九州出身の素朴で、明るく、その上育ちのよい性格を買われて営業に回された。それが高夫を社長にまで導いたのであった。

しかし、高夫には忸怩《じくじ》たる思いがあった。

「これが、猪一郎さんとこから移ってきた猫だよ」

円造が膝に抱いたナナの頭を撫でながら、高夫に言った。

「チューリップの中で見た時、そうだろうと思いましたよ。よく八年間も元気でいたね。賢そうだね。円造さんたちを慰めて、この家を守って暮らしているんだろうね」

高夫は円造からナナを受け取りながら、円造夫婦を見た。

「この猫はよく鼠を捕ってくれるから助かるのですよ。お米を守ってくれて本当に有り難いですよ。主人が山に行く時は必ずついて行きますから、私は安心しているんですよ」

トヨがナナを褒めると、ナナはニャーと鳴いて応えた。

春先の山峡の陽の陰りは早かった。お茶でひと息つくと、円造は裏山のシャクナゲの植栽地に高夫を案内した。ナナがついて来た。

百花繚乱《ひゃっかりょうらん》の季節なので、道々にはいろんな花が咲いている。

桜は終わり、つつじ、さつき、西洋シャクナゲ、藤はもう少しであったが、梨や山桜、コブシ、レンギョウ、山吹、イカリ草、オダマキ、ひとりしずか、ふたりしずか、除草菊などが花を咲かせていた。

高夫がこの村を出ていった頃は、まだ若くて花などに興味はなかった。貧しくて今日をいかに食べていくかが毎日の課題であった。故郷《ふるさと》にこんなにいろいろの樹木や草花があったのか、と高夫は不思議な気がした。

村は山を背にしたなだらかな斜面にある。戦後には、二十四軒の家々がひしめいて建っていたが、今は七軒しか残っていない。櫛の歯の大半が欠けたような淋しさであるが、むしろすっきりした村の有様《ありさま》である。倒壊しそうに傾いた廃屋が三軒あったが、この村を去った大半の家は取り除かれて田んぼや畑になっていた。村の正面は見渡す限り九州山地の山々で、右下の山の間に小さく市街地の家並《やなみ》が見える。

「あの山はどうしたのですか。杉が倒れたままになっていますが……」

村の右上に、円錐形にそそり立つ山を指さして高夫が尋ねた。

その山は、村の中では一番高い山で、六年前までは五十年生の見事な杉が立錐の余地もなく隊列のように麓から頂上まで並んでいた。それは美林の見本のような山であった。

それが今は禿山のように緑がなくなって、白々とした山肌を見せていた。よく見ると山の斜面には地上から二メートルくらいのところで折れて立ち枯れした杉が、無数に爪楊枝《つまようじ》のように立っている。麓に近い所では杉が根元から倒れて、それらが重なり合い、杉の木の莫蓙《ござ》が出来ていた。平成三年秋の台風十九号によってなぎ倒された山であった。山の持ち主が都会の人で、復旧も手入れする気もなくなって放置されていた。

「あれが台風十九号による被害ですか。凄まじいものですね。噂には聞いていましたが、あんなにひどいとは思わなかった。それにしても見事に帯状に破壊したものですね。周囲の山は被害はないんですから。まるで鉄砲水みたいな台風だったんですね」

高夫は、大きな溜息をついた。

あの時の台風は本当に凄かった。円造は思い出しただけでも背筋が凍った。百メートルずれていたら円造の家は吹っ飛び、円造もトヨもナナもこの世にはいなかったであろうと思った。

あの台風は最初のうちはあまり警戒されていなかった。それが九州に接近するにつれて、その猛威ぶりが分かってきた。円造は収穫前の田んぼの見回りから帰って来て、たまたまテレビを見て知り、家の周りを片付け、雨戸を下ろして台風を迎える準備をした。トヨに言って早く食事を済ませると、ラジオとローソクを用意した。トカゲと遊んでいるナナを屋内に入れた。気味悪いくらい静かな夕暮れで、西空にはピンク色の雲が浮かんでいた。村の人は何もないように、普段の生活をしていた。円造は雨戸を一枚だけ開けてナナを膝に置いて嵐を待った。テレビでは台風は間違いなくこの地域近くを通過する、と伝えていた。そよ風が吹き始め、時折、風が不気味な音を発して強くなった。西の方の山頂でゴーという音がして、木が弾けるような音がすると、突風が雨戸を叩いた。

トヨが炊事場から飛んで来た。日が暮れて外は薄暗くなり、街の灯が少し見え始めた頃、風が猛烈に吹き出した。山から轟音が落下して来たと思うと、円造の家の下の道路沿いにある廃屋がザーバタバタという音をたてて、あっという間に空中に散っていった。ナナが、円造の膝から奥へ逃げ込んだ。

円造とトヨは力を合わせて雨戸を締めにかかった。風が吹き込み二人は立っていられないくらいであったが、必死に締めた。上の山の方でバリバリ、ボギー、ザッザッザという音が断続的に続いた。停電になった。円造とトヨとナナは、仏間でローソクをつけるのも忘れて恐怖の時間が過ぎるのを待った。ナナが膝の上で震えていた。何度も家が浮いた。庭に置いてある植木鉢や鍬やバケツが、音をたてて吹っ飛んでいくのが分かった。

暴風の中で山の方からは、何か得体の知れない音が続いていた。雨は全く降らない。次第に風向きが変わるのが、はっきりと分かった。そのうち風が弱くなり殆ど吹かなくなった。それが三十分ぐらい続き、再び風が吹き出した。それは初めとは逆の方向からの吹き返しで、また暴風になり、やがて、はっきり去っていくのが分かった。吹き始めから丁度三時間経っていた。それは劇《はげ》しい筋書きの舞台の幕が開き、波瀾万丈のあと見事な結末で幕が降りたようであった。円造は恐る恐る雨戸を開けて見たが、まだ外は風が激しく吹いていて、真っ暗闇だったので急いで雨戸を引いた。

翌日、円造が朝早く目を覚ますと雨戸のすき間から陽が射し込んでいた。雨戸を開けると眩《まぶ》しい程の好天であった。円造についてナナも庭に降りて来たが、荒れた庭に驚いて立ち止まり、散乱したものを怖がり、それを除けながらゆっくり歩いた。

円造は右上の山を見て、腰を抜かさんばかりに驚いた。その山は樹齢三十年から七十年の見事な杉が育っていて、村でも一番の濃緑の美林であったのが、無残にもスキー場の滑降路のように白く光っていた。何が起こったのか、円造には咄嗟に理解できなかった。よく見ると、それは台風によって杉が折れたり、倒れた残骸であった。百メートルの幅で山の頂から麓まで、そこから道路に跨ぐと谷底に降り、その先の山々までずっと帯のように続いていた。

麓にあった三軒の廃屋が跡形もなく吹っ飛んでいて、古い耕運機だけが残っていた。

「それにしても余程ひどい風だったんでしょうね、今だに回復していないですからね」

「あまりのひどさに、気力も萎《な》えたんですよ。何代もかけて育てたのが一瞬の風で吹っ飛んだんだから。倒れて用にたたない木を除くだけでも大変な金と手間が要るんだから」

円造と高夫は立ち止って暫くの間、荒廃した山を眺めていた。ナナが石垣沿いに流れる谷川の水をペロペロと飲んでいた。

「谷川の水も少なくなりましたね。昔はこの谷川の水で村の発電所を回していましたもんね」

高夫がナナを抱き上げた。ナナは温和しく抱かれていた。

「あの頃は水が豊富で、自家発電で戦後のひと時、村の明かりだけは点きましたからね。森林の伐採のためなのか、温暖化、少雨化のためなのか、とにかく水が減りましたな」

裏山の竹林を過ぎると急に視界が広がって、山の斜面一帯が目の覚めるような白とピンク色に染まっていた。秘境というか桃源郷というか、高夫は気が遠くなるような感覚になった。

「奇麗なものですね。円造さんが勧めてくれただけのことはあります。頭と心の中が本当に白とピンクの世界に染め上げられました。いや、これは美しい」

高夫はナナを地面に置くと、シャクナゲの中に入っていって陶然として立ち尽くしていた。

シャクナゲは五十メートル程も山の斜面を埋め尽くし、円造と高夫たちがよく遊んだ神社まで続いていた。

春の陽が陰りだすと、シャクナゲが夕闇の中で深い色合いを帯びてきた。

「接木で育ったものは弱いことが多い。実生のが、どうしても強い」

「そうでしょうね」

円造と高夫は、居間で盃を交わしていた。春宵《しゅんしょう》のおぼろ月夜であったが、夜になって寒気が強く雨戸を閉めていた。飯台の上には山から切ってきたシャクナゲが花瓶に差されている。高夫は、故郷を出てから四十数年の間に感じなかった安らぎと豊かな気分に浸っていた。

酒の肴は塩鰯の焼いたもの、芹のお浸し、湯豆腐であった。

「鰯も芹も湯豆腐も、本当に美味しい。昔は毎日毎日、なぜこんなものばかり食べねばならぬかとうんざりしていたものが、こんなに旨いとはね」

高夫は湯豆腐を金さじで抄《すく》いながら懐かしんだ。

ナナは台所の方で鰯の骨を美味しそうに音をたてて食べている。鼠を捕るくらいだから、ナナは最近はやりの固形食品を食べない。都会から円造の子供たちがナナへのお土産に買って来てくれるが、ナナは喜ばない。

戦後十数年は鰯、鯖、くじらの塩物がご馳走だった。鶏は盆、正月。卵は病気の時か運動会、遠足の時に食べるものと決まっていた。

「円造さんは中国戦線を経験していたから、あそこではアルコール度の高いチャウチューを飲んでいたんでしょうね。昔飲む時は円造さんだけ焼酎で、それも生《き》でがんがん飲んでいましたね」

「今でこそ、あまり強い酒は用心しているけど、本当は焼酎でもウイスキーでも、ブランデーでも生で飲まないと全く美味しくない。若い頃、鳥取や鹿児島に出稼ぎに行っとった時は、毎晩ストレートでぐいぐい飲んでいましたよ。子供たちが独立してこの村に帰れないもんだから、その罪滅ぼしに、私の機嫌を取ろうとしてウイスキーやブランデーを買ってくるんです。それで、一時ますます酒に強くなったけど、今はもう濃いものはあまり飲めなくなりましたよ」

花瓶に差したシャクナゲがいつの間にか咲いているのがあった。花弁は電灯のもとで自然の光とは違った艶を出していた。

「シャクナゲの実生はどうして採るんですか」と高夫が円造に尋ねた。

「私が鳥取の大山から持ち帰ったのは、シャクナゲの種が自然に飛び散って軽石や木の切り株、石垣の小さな石、山の斜面に実生して生育していたものです。シャクナゲの種は秋になれば何千、何万と風に乗って飛ばされる。そのうち実生するのは何万分の一で、それがまた巧く育って人目を楽しませるのは何百万分の一でしょう。私はそんな実生したものを探して来て畑に移植して育ててきました」

「魚の世界では、例えばタイ、ブリ、鮭、川魚の鮎でも受精した卵が実際に育つのは何十万個に一個というから大変なことですよね。カボチャ、キュウリ、ナスビの種を育てるのとはちょっと違うんですよね。シャクナゲも、自然の中で、ひとりで育つの大変でしょうからね」

ナナは円造と高夫の間でお相伴にあずかるように、交互に二人の顔を見回していた。

「そう。実生の小さなシャクナゲの中で、元気のよさそうなのを見つけて畑に移して丁寧に育てるんですよ。シャクナゲは朝日は好きですが、夕日には弱い。そして葉の表に光が当たるようにしなければならない。そういうことをしても立派に育つのは、そうはないんですよ」

高夫も円造もかなり酩酊して来ていた。シャクナゲが微かな音をたててまた開いた。

遠くでフクロウが鳴いた。

翌日、円造と高夫は、旧友の誠を訪ねることにした。昨日、飲んでいる時に終戦後の村で共に苦労した仲間の話が出た。消息の判かっているのは数人しかいなかった。皆古稀、七十歳の坂を越えていた。円造、高夫、誠たちは幼い頃は戦争ごっこ、終戦後は村の青年団を結成して復興に力を合わせた。

円造もこの半年、誠と会っていなかった。肺の働きが悪くなって動けなくなったと聞いていた。誠の家は車の往来する道路から、道幅が一メートルぐらいしかないかなり急勾配の山道を、二百メートルくらい登らねばならなかった。呼吸困難であればとても登れる坂ではない。円造と高夫は山をぐるっと回るようになっている坂をゆっくり登った。昔はよく来た坂であった。

杉山の手入れがされていないため、昼でも暗い山道で時々ウグイスが鳴いた。杉山はジャングルのようになっていて、中が覗けないくらい荒れている。

「それにしても荒れていますね」

高夫が嘆いた。

「杉の値段が下がってからは、手入れをしても引き合わないもんだから、放ったらかしたままなんですよ。山の手入れをする人も老齢化していなくなってきていますがね」

廃屋になって林の中に残っている家の所で、二人は暫く休んだ。この家にも昔、友だちがいた。誠の地区には五戸あったが、誠の家以外は全て廃屋になっていた。考えて見ると、よくこんな不便な山村に人は住んでいたものだと高夫は沁みじみと思った。

やがて山水《やまみず》が池に落ちる音が聞こえてきた。四十年前と同じだった。誠の家の裏山の山桃が驚くほど大きくなっている。昔、よく実を取って食べた。時には蛇がいて、皆で石を投げ追っ払ったりした。

誠の家は昔から古かったので、そんなに変わって見えなかった。暗い屋内に入ると、仏間のベッドに誠は寝ていた。奥さんは元気にしていた。誠は鼻にチューブの管をさし、呼吸不全のために在宅酸素療法を受けていた。

高夫と誠は、四十年ぶりの握手をした。

「よく帰って来てくれたね」

誠が涙声で迎えた。

「うん、やっと暇になってね。誠ちゃんも頑張っているね」

高夫が誠の肩を抱いた。

「昔から俺は〝歩く煙突〟といわれていたものね。タバコを吸い過ぎたよ」

誠が子供のように恥ずかしげに言った。

「長男は町の中心部に住んでいます。ここを引き上げて越して来いと言ってくれるのですけど、主人がここを離れたがらないので、私らが越せば、この地区も完全に廃村になりますけんね。この村に申し訳ない気持ちもありまして、踏ん切りがつかないんですよ」

誠の妻が、溜め息混じりに説明した。

ベッド越しに見ると、春の花が庭先に沢山咲いていて、いつの間にか犬が縁側から顔を出していた。

円造と高夫は県道まで戻ると、そこから二百メートルばかり下った所にある小学校に行った。

数年前に創立百年を迎えていた。円造や高夫が子供の頃は小学一年から六年まで、全部で五十名くらい生徒がいた。戦後の団塊の世代の頃はそれ以上の時もあったが、最近は次第に減って全生徒で五名になっていた。何度も廃校の話が持ち上がっているが、この近辺の村の人の最後の拠《よ》り所として村人は反対していた。過疎になっていくばかりで、あと数年すれば、一人か二人の生徒になる可能性もある。

それでも、独立した小学校であるから、校長一名、教頭一名、教諭三名、保健の先生が一名計六名の先生がいる。生徒一名に先生一名ということになる。莫大な費用がかかる。街の小学校に合併すれば、たとえ毎日タクシーで生徒を送り迎えしても、大変な経費の節約になる。同級生が誰もいない。先生とのマンツーマン教育が果たして子供のためになるのかという問題もある。が、それでも村人たちは小学校を廃校にしたくなかった。過疎の村に住んでみると、それは切実な願いであることが分かる。

土曜の午後の校庭には誰もいなかった。子供の頃は結構大きく見えた校庭も、三百坪ぐらいしかないようであった。植樹した記憶のある校庭周辺の桜や紅葉が大きくなって、校舎や校庭をさらに小さく感じさせていた。

「校舎はやはり木造がいいですね。近頃はどこもここも鉄筋コンクリートになってしまって」

高夫が校舎を見上げながらふっと漏らした。小さいながらも二階建てであった。

玄関から校舎に入っていった。

薄暗くて中がよく見えない。独立百年を越えた木造校舎の饐《す》えたような匂いがした。それは厭な臭いではなかった。懐かしい匂いだった。廊下は黒光りしている。先生が一人事務をしていたが、何も言わなかった。

「とにかく落ち着きますね。体が校舎に吸い込まれる感じ。昔ここをドタバタ走ったり、雑巾《ぞうきん》がけしたりね。元気でしたね、あの頃は。今、ここを廃校にしたら、校舎は間もなく自然に倒壊しますよね。人間の見えない力が内から支えているのですよね」

高夫は身を翻《ひるがえ》すと、小さな講堂の中を子供のように走り回った。円造も後を追った。

高夫は、猪一郎の家に泊まっていた。

猪一郎の長男の総太郎は県庁に勤めているので、猪一郎の死んだあとは空家同然になっていた。総太郎の長女が隣村の小学校の教諭をしてたので、時々風通《かぜとお》しに戻って来ていた。高夫が帰省していたので長女が帰って来て、面倒を見てくれていた。

村の中心部の丘の上に建っている、お城のような家である。戦前の盛んな頃には山林の手入れをする者、田畑を耕す男衆、家事を手伝う女中などが沢山いて、それは賑やかだったことを高夫は幽かに憶えている。高夫の叔父や兄たちは既に全て他界していたが、帝大を出て裁判官、大学教授、医師などになった。高夫は五人兄弟の末弟で長兄とは十五歳の差があり、高夫が中学に入学する頃には学問どころではなくなり、戦争一色に染まっていった。その頃から家運も傾き始め、高夫は戦地に赴《おもむ》き戦争は終わった。

農地解放、インフレ、高度経済成長時代に取り残された猪一郎の家系は没落していって、大きな家屋だけが残った。

学問をした者は村を去り、しなかった者は村に残った。高夫の兄たちは学問を受けていた。だが、長兄の猪一郎は、山林を守るには学問は不要、と中学までであった。学問が必要だった高夫には、時代が悪かった。

高夫の母はひと山越えた隣村から嫁いでいた。この村と同じく見事な山林の村で、母の実家も大山林地主だった。嫁いで来る時には人力車が何十台と山道を連ねたという。村と村の境界の峠は、ホイト（乞食）返しというくらい、例えホイトでも峠を越えてまで物乞《ものご》いに行かないという程の難所であったが、そこをも越えて嫁いで来たのであった。

夢か幻のように、高夫の脳裏に残っている光景がある。

毎年夏休みになると高夫たち兄弟は、母親に連れられて母の里に行くようになっていたようであった。高夫は四、五歳で母に抱かれて人力車に乗っていた。兄たちも皆一人ずつ人力車に乗り、男衆や女中が荷を持ってあとをついて来た。峠に着くと大草原で昼食をとった。空には入道雲がもくもくと湧いていた。山には気持ちのよい風が吹いて涼しかった。母と兄たちは峠に立って合唱していた。兄弟はそれぞれの学校の制服を着ていた。高夫は女中の膝の上で、この幸福は永遠に続くものと幼いながら感じたのであった。

高夫は十二畳もある座敷に一人休んだ。

こんなに伸び伸びとしたのは久しぶりであった。末弟の高夫は子供の頃からこの部屋に入ったことはあまりなかった。高夫は乳母に育てられたので、母と添《そ》い寝《ね》した記憶はなかった。母が病気になる少し前、高夫が小学六年生の夏の夜のことだった。大屋敷に大きな蚊帳《かや》が吊られていた。母に呼ばれて高夫は母のもとに行った。母は、蚊帳の薄暗い中に座っていた。

「今夜お父さんが町から帰れなくなったので、高夫さん、私と一緒に寝てましょうよ」

と母は陽気な声で言った。

こんなことを経験したことがなかった高夫は狼狽《うろた》えたが、母の言うように、横に寝た。

良い香りがした。母はいろいろ高夫に話しかけて来たが、高夫は緊張で何も答えられなかった。高夫は寝付かれなかった。そのうち母の寝息が聞こえた。高夫はそっと蚊帳をあげて廊下に出た。

月光が皓々と照っていて、山脈はあまりの明るさのために消し飛んで見えなかった。手前の突き出した丘の上にある高夫の家の先祖代々の墓だけが、異様にはっきりとその形を見せていた。高夫は墓を見るのが、いつも恐かったので、急いで蚊帳のなかに戻った。その半年後、母は腸結核でやせ細って死んだ。

あれから六十数年の歳月が流れていた。高夫は寝付けずに床を離れて廊下に出た。六十年前の夏の夜ほどではなかったが、薄紫色の月光が遠い山脈を暈《ぼか》していた。

高夫が目を凝《こ》らすと、先祖の墓地が、丘でなく岬のように見えた。六十年前よりも石塔が大分増えていた。高夫は、子供の時のような恐怖感は全く感じなかった。むしろ、限りない親しみと温かみを感じて凝視《ぎょうし》した。眼下の九州山脈は広々とした海であり、墓場は岬であった。岬に建つ墓石の下に眠る先祖の遺体に、頬ずりしたいような親近感が高夫に湧き上がってきた。

戦後の昭和三十年代までは土葬であった。死者が出ると村人は総出で死出の準備をした。柩《ひつぎ》から、それに飾る金銀の花まで総て村人が作り、手向《たむ》けた。墓地が狭いので柩は縦型で遺体は座った形で納棺され、土に埋められた。死んだら体の柔らかいうちに座らされ、仏間にも立てた形で置かれていた。

猪一郎が死亡する数年前に高夫が帰省した時、相談を持ちかけられた。先祖の墓地が狭くなり、いずれ満杯になる。先祖の墓を掘り返し、火葬して新たに先祖代々を納骨する寄せ墓にしなければならない。その頃、猪一郎もまだ達者だったし、高夫は働き盛りであったので、長兄の言うことがよく理解できなかった。

岬に林立する先祖の墓を見ていると、猪一郎の言ったことが、今高夫に理解できた。死んでしまえば皆同じであるから、火葬されたら一家の寄せ墓にするのがよいと猪一郎は考えていたのであろう。懸命に生きた後も、まだ個々の墓碑を設《もう》けるのは無駄なことであった。

春の夜の空に雲がかかってきた。

雲が九州山地に影を落としながらゆったり流れていた。陰を外れた所に赤色灯を点滅《てんめつ》してヘリコプターが飛んでいくのが見えた。


二泊三日の予定で帰省した高夫は、名古屋に戻る日の早朝、円造と村の神社に登った。村の中で建物としては一番高い所にあった。朽《く》ちかけたようになって、今は誰も参拝に来ているようには見えず、荒れていた。

昔、円造や高夫が出征する時は、この神社で必勝祈願をした。村人総出で、皆白鉢巻きに襷《たすき》をかけ、幟《のぼり》を立てて村じゅうを軍歌を歌いながら行進した。この小さな村でも日露戦争で二名、第二次大戦では十名の戦死者を出していた。

ここからはシャクナゲの丘陵が一望のもとにあった。朝露が花弁に残っているので、それが朝陽を反射して眩しく、美しかった。神社を覆うような藤の大木があった。台風の時に半分から折れかかったのを、この村の出身で町で建設会社の社長をしている人が鉄骨で支えてくれていた。固い蕾がびっしりとついていた。花の穂は五十センチ以上垂れている。見頃は一ヵ月近く先のようであった。いつの間にかナナが先回りして藤の木に登り、円造と高夫を迎えた。

「昔、ここで旅回りの役者を呼んで芝居をしていましたね」

高夫が柏手を打って参拝を済ませ、境内を見渡しながら懐かしんだ。

「あの頃は、この村も二十四軒あって二百人近くが住んでいたからね。それに近くの村からも見物客が押し寄せて、それは賑やかだった。祝儀が競争のように芸人に包まれたね」

「もうあんな時代は戻って来ないでしょうね。例え大戦争があって都会が焦土《しょうど》になっても、都会人は三日とこんな田舎には住めないのではないでしょうか。戦後は引き揚げ者で、田舎は充満したけど、あの頃はまだ田舎者が田舎に戻ったのだから辛抱できたわけで、今はもう駄目でしょう」

自分の経験からにじみ出る高夫の言葉だった。

高夫は神社の石灯籠を見て、そこに刻まれた文字を手でなぞっていたが、

「この石灯籠は文化五年に造られていますよ」

と驚きの声をあげた。

若い頃は石灯籠に記された文字を読むことなどしなかった。文化五年とは、高夫によれば西暦一八〇〇年代の初めらしく、二百年近く経っていることになる。

高夫はシャクナゲの中に入っていくと一本一本丁寧に見ては匂いを嗅いでいた。

端の方までいくと振り返って、少年のように笑いながら円造に指でVサインを送った。

名古屋に帰り着いた高夫から丁重な礼状が届いた。久しぶりの故郷で身も心も洗われ、シャクナゲ、ナナのかわいかったことなどが書かれて、また来年行きたいと結ばれていた。

それから二週間ばかりして再び手紙が届いた。九州から帰った高夫は、昔の同僚の別荘というか山荘に招待された。長野県の山奥にあった。そこは同僚の故郷であった。同僚は名古屋に出てからも、いつか故郷に帰りたいと思い続け、五十歳の時に故郷で雑木林を買い、開墾してサツキやツツジを毎年少しずつ植えてきた。それが全山を覆うようになった今年の春に、長年の夢であった山荘が完成したのであった。丸太で造った山小屋であった。高夫は同僚がそんな夢を持ち続けていることも全く知らなかった。

山荘の完成式に招待されて丸太で出来た家の暖かさと、山小屋のある環境が高夫の故郷にそっくりであることに衝撃を受けた。高夫も同僚と同じように故郷に別荘を持ちたいと思いだしたら、矢も楯も堪《たま》らなくなったという。

西洋シャクナゲと藤が満開の時に高夫が再訪した。

普通のシャクナゲより西洋シャクナゲは背も高いし、花も大きく鮮やかなピンクである。神社の藤は遠くからでも、その辺りが明るくすぐに目を惹いた。

高夫が坂を登っていくとナナが西洋シャクナゲの花の中から這い出して来た。高夫が手を出すと擦《す》り擦りをしてきた。

西洋シャクナゲは一本の茎に大きな花が何十個と咲くので、木全体が花の塊である。

山荘のことは、高夫の一時的な心の高ぶりと思っていた円造は、再訪にびっくりしたが、内心嬉しかった。

五月晴れの暑い日であったが、そよ風が吹いて爽快であった。

トヨが昼食にソーメンを茹《ゆ》でた。山水に晒《さら》しておけば丁度よい具合であった。

「山水で冷やすと、やはり美味しいですね」

高夫が喜んだ。

ナナも上手にソーメンをすすっていた。二、三年前に、まさかソーメンは食べまいと思ったが、トヨがやってみるとナナは喜んで食べた。最初は掛けてやったカツオブシに惹かれたのかと思っていたが、ソーメンに醤油だけを掛けたものでも変わらず食べた。ナナはパンも食べるし、特に好物は干物の鱈の胃を煮たものであった。

「犬や猫など動物はいいね。どんな田舎で飼っても、何も文句は言わないものね。田舎は不便で淋しいからといって、田舎を逃げ出していくのはいないものね」

円造がナナを可愛くて堪らないといったような物言《ものい》いをしたので、高夫もトヨも大笑いになった。

「都会の猫と田舎の猫、どちらが幸せなんだろうね」

高夫がナナの頭を撫でながら言った。

「ところで、この辺りの土地はいくらぐらいするのでしょうね」

今度は真剣に円造に尋ねた。

「ここいらはただ同然でしょう。なにしろ買いたいと言ってくる人が誰もいないのだから」

「そんなものですかね。都会の一等地は坪何千万もする所があるのにね。人間も、どこで生まれるかで、えらい違いがあるものですね」

「ところで高夫さん、本気でここに山荘を造る気ですか」

「ええ、つい先日、友人の山荘を見たら無性に造りたくなりましてね。もうあと十年くらいの命ですから、何かやりたいことをと考えたら、これだと思ったのですよ」

「でも、田舎は淋しいですよ。都会で生活した人には、とても耐えられないのではないですか。奥さんは知ってのことですか」

円造が気に掛かっていたことを尋ねた。

「女房にはまだ話していません。都会育ちですから、随《つ》いて来ないかも知れないな。でも、それはそれでいいのですよ。都会に住んでいても、アスファルトの道路とビルが林立しているだけの無味乾燥なものですよ」

高夫の妻は、高夫の家が名家であったので、戦後の混乱期にも都会から、この村に嫁いで来た。高夫がこの村を出たのも妻の希望が強かったと聞いていた。


夕方まで円造と高夫は村の中を見回って山荘を建てる場所をあれこれ話し合った。村は南向きのなだらかな斜面にあるので、どこからでも眺めがよかった。陽当たりもよく、風もよく通った。小鳥の鳴き声以外には全くの静寂である。

「行き止まりになっていた村の道が、山林開発のためにスーパー林道が出来てからは、隣県にもこの村を通って行けるようになったので、近頃は少しは車が増えてきた。それでも日に何台かですがね。でも行き止まりだった村が通過点になったので、警察の検問所になったりすることもあるんですよ。時代も変わりましたよ」

円造が苦笑しながら近況を説明した。

二十四軒から七軒に減ったせいか、子供時代には目につかなかった墓石が、岬のような所に立っている高夫の祖先の墓をはじめ、やたらと目につく。

終戦後には、この小さな村に家と人が溢れていた。それに比べれば、過疎より適疎というのが当たるのかも知れない。

しかし、次第に住人が減っていき、墓石だけが残り、やがては墓石も倒壊していくのではないか、と高夫は考えた。

高夫の先祖の墓場の下に、白く光る整地された小さな土地が見えた。

「あの光る土地は何ですか」

高夫が尋ねた。

「ああ、あれはゲートボール場です。亡くなった猪一郎さんが、村の老人のために設けてくれたんです。一時盛んで、老人たちが熱中して田んぼの加勢はしない、孫の守りはしないで困っていました。段々老人が亡くなっていって、今では、この村では正式のゲートボールは出来なくなり、下の村へ遠征していますよ。なにせ亡くなった老人の補充がつかないんですから、哀れなものですよ」

円造も一時ゲートボールに逆上《のぼ》せていた時があったので、振り返りながら述懐した。

高夫は、神社の下で雑草が生い茂る二百坪ぐらいある土地が気に入ったようである。そこに住んでいた人は都会に出たが、買い手がつかず放置されていた。

「土地はただ同然でも、家を建てるとなると、たとえ丸太小屋でも一千万円はかかるでしょうね」

高夫が、背後の山を見ながら、ぽつんと言った。

「この前の台風の風倒木《ふうとうぼく》でログハウスを造るのが流行っているので、そう高くはないと思いますがね」

「風倒木ですか。面白い言葉があったものですね。杉が意外と弱かったのですね。広葉樹や落葉樹を、全部杉や檜に植え替えてしまったのが、自然の摂理に反したのでしょうね」

「風倒木は何十万本と出ているのだけど、殆どが使いものにならなかったんですがね。倒れた中には立派な木もありまして、懸命に利用法を考えているんですが、丸太小屋の丸太ん棒か、鋸屑《かんなくず》にして固形化して燃料に使うくらいしか用途がないんですね。でも、丸太小屋というのは、とても気持ちが落ち着いていいものですね」

「一度名古屋に戻って息子や家内に相談してみよう。きっと反対されるだろうけどね」

高夫は遠い山脈を見詰めながら言った。


紫陽花とダリアの花が真っ盛りの時に高夫が三度目の帰郷をした。

「いつ来ても何か花が咲いていていますね。名古屋の家では家内が花好きで年中花を絶やさないようにしていますが、何せ三坪ばかりの庭ですから。こんな大自然の中に咲く花に比べると、スケールと感動が全然違う。円造さん、先日話していたシャクナゲを名古屋の家に植えようと思うのですが、どうでしょう」

高夫がナナを抱いて頭を撫でながら尋ねた。

シャクナゲの満開の頃に来た時、山荘を建てたら庭に是非そのシャクナゲを植えたいと言っていた。円造は、高夫がこの村に山荘を建てるのを諦めざるを得なくなったのではないか、と感じた。

「それは出来ますよ。一坪もあれば充分過ぎるくらいです。朝日が当たり、夕日はあまり射さない方がよく、水はけがよいように土壌を整えておけばよいのです。この前話していたシャクナゲを宅急便で送りましょう。育て方は教えますよ」

「女房や息子に山荘のことを相談したのですがね、全くの反対ではないのです。ですが、もう年だし、冬の寒さが厳しい高地では、年間のうちあまり利用することはないのでは、と心配しましてね。小さな山荘といっても一家を構えれば、水道も電気もガスも要りますしね。名古屋との往復の交通費を考えれば、莫大な費用がかかるというんですね。言われてみればその通りで、なけなしの退職金も吹っ飛んでしまいますからね。しかし、女房も息子も優しいんですよ。私の故郷に対する気持ちも分かるものですから、むげに反対はしないんですね。真っ向から寄せ付けないのであれば、私も意地でも実行しようと思ったのですがね。やはり年を取り過ぎましたし、名古屋からはちょっと遠いようですね。一夜の夢と化したかも知れません。でも、まだ諦めてはいませんよ。参考のために、明日は丸太小屋製造工場に連れて行って下さい」

円造の次女の婿は隣県の町役場に勤めていて魚釣りが好きである。高夫が来るのを知らされて、釣ったばかりの鮎を持って来てくれた。今が鮎のシーズンである。婿は大変な猫好きで特にナナが気に入っていた。子供たちも中学生になり親の言うことを聞かない年齢になったので、休日はしょっちゅう円造の家に来ていた。朝から夕方まで感心にナナの相手をして遊んだ。

猫好きなことで婿と高夫は気が合い、夕方から鮎の塩焼き、背越し（刺し身）で酒盛りがはじまった。次女が運転するので婿は安心して大酒を飲む。

高夫は、山荘をほぼ断念することを円造に正直に告げて気分が楽になったのか、ぐいぐい酒を飲んだ。円造も、高夫の計画は恐らく実現しないだろうと思っていた。それを、あっさり高夫が言ってくれたので肩の荷が降りた感じがして、久しぶりに酒が美味しかった。

翌日、円造と高夫は、レンタカーで丸太小屋工場に向かった。

梅雨に入っていたが、天気の良い日で、田植えが終わったばかりの水田が、空や雲や山を映して気持ちよく光っている。

円造の村から、工場のある村まで、いくつかの町や村を通って三十キロばかりあったが、山道の両側の山また山は、全て杉山であった。所どころに風倒木の白々とした山肌が見える。風倒木が処理され幼い苗木が植えられている山もあるが、まだ未処理で痛々しい惨禍が不気味に放置されている山もある。あまりにも杉や檜ばかりを植え過ぎたのを教訓にして広葉樹を植えた山もあった。

国道から眼下に大きなダムを見下ろしながら、工場のある村に入っていった。円造の村も美林であったが、この辺りも目を見張るような杉山が延々と続いている。

役場や商店、学校のある中心部を過ぎると、山峡の少し広くなった所に丸太小屋工場があった。スレート屋根の大きな工場には杉丸太が幾山も積まれ、黄色いフォークリフトが忙しそうに動き回っている。工場の脇に丸太小屋のモデルハウスが四棟建っていた。風倒木を処理するためと、過疎地の雇用対策として村が国庫補助で建てた工場であった。村の若者と中年の男性が赤い作業帽に青い制服を着て、生き生きと働いている。円造と高夫は工場の方から見学した。

皮を剝がれた杉丸太がフォークリフトで運ばれ、円筒のような機械に挿入されると丸太がぐるぐる回転して丸く削られて同じ大きさの丸太が出来上がる。大量に丸太小屋を造るには、同じ大きさの丸太を作った方が効率がよく奇麗に出来る。大小まちまちの丸太では造るのにコストがかかるのである。高夫が想像していたような大小の丸太で造るなら、一戸建てるのに相当の時間がかかり、出来も不安定になることは確かだった。だが、自然そのままの丸太を使用すると思い込んでいたので、高夫は少し失望した。

モデルハウスに入ると、丸太特有の香りと木目の地肌の色が優しく暖かった。事務員の説明があり、この地で出来た緑茶が振る舞われた。二人は室内の木の椅子に座って居心地を楽しんだ。それは高夫がこれまで憧れて来たものであった。高夫の心の中に込み上げて来るものがあり、目頭が熱くなった。

丸太工場を出る頃には、いつの間にか空は梅雨時の暗い厚い雲に覆われていた。山を下り出すと大粒の雨が降り出し、あっという間に土砂降りになった。

高夫はワイパーを最高にして運転を続けたが、除水が間に合わずに先が見えないくらいになった。その時左手に白い大きな建物が瞬間見えたので、そちらにハンドルを切って避難した。雷が鳴り山峡に閃光が幾筋も走り、激しい風も出てきて車を揺らした。

二人は車から降りて白い建物に駆け込んだ。

看護婦が二人を中に入れてくれた。そこは老人ホームであった。

通された広い部屋には五人の老女が、幼稚園児のように椅子に座り机で折り紙を折っていた。円造、高夫と同じくらいの年齢である。老女たちの視線が二人に集中した。部屋の隅に笹竹が立てられ、七夕の飾りものを折っていた。暫くすると、書きかけの絵が各人に配られ、クレヨンで続きを描き始めた。老女たちは二人を意識して少しぎこちなくなったが、他所者の闖入を楽しんでいる風でもあった。絵が終わると看護婦がオルガンを弾いた。童謡の「たなばたさま」である。

〽笹の葉さらさら、軒端《のきば》にゆれる、お星さまきらきら、きんぎん砂子《すなご》――

老女五人は輪になって踊った。

「さあ、お手てをしっかり握って。さあ、今度は力強く開く。何でも折り目をしっかりすることがボケを防ぎます」

と看護婦が懸命に指導する。老女たちもそれに合わせた。

係の人によるとデイケアというシステムは、家で淋しくしている老人やリハビリの必要な人たちを老人ホームの車で朝迎えに行き、午後三時までいろんな実習のプログラムに沿って一日を過ごさせる。いわば、老稚園である。

三時になるとお茶とケーキが出た。

円造と高夫もご相伴にあずかった。外はまだ雨が激しく降っていた。とても車を出せそうになかったので、看護婦が気を利かせてカラオケを掛けた。

皆、急に生き生きとなってマイクを回した。円造も高夫も一曲ずつ歌った。

次第に雨が小やみになり、山峡に薄日が射してきた。

ホームの車が老人たちを乗せて送りに出発した。看護婦や事務員が並んで手を振った。

円造たちの車が山峡のトンネルを抜けると、川の上に、両側の深い緑の杉山から大きな虹が橋のように架かっていた。

表彰式

父の郷里の村役場から、十一月三日の文化の日に父の功労に対し表彰したいので、誰か身内の人に参列してほしいと言う案内状が母への宛名で届いたのは、父が亡くなった年の夏も終りに近づいた頃であった。

父はその年に八十才で生涯を終えた。

初盆会も済み、父の死後の整理もどうにかついた頃で、一枚の案内状に私達は一種の戸惑《とまど》いをおぼえた。

父の郷里といっても、聞くところによれば父自身が郷里を去って既に六十年の歳月が過ぎていたし、私達子供から見ると終戦後の十年たらずの間、父の郷里の隣村に疎開していたことの他は、ほとんど父と郷里の接触があった記憶はなかった。

この数年来体が不自由になって床に臥《ふ》すことの多い母に委細《いさい》を聞いても、思いあたる節《ふし》はないようであった。

父の月の命日に兄弟が集った折に、尋ねてみたが皆も同じ思いであった。

香典返しを父の母校の小学校にした御礼ではないでしょうか、と兄嫁が言い出した時に、皆まさかと言って笑い出した。

文化の日に香典返しの為の表彰とはと言った気持があったが、それ以外には思いつかず、村役場に勤めている従兄弟に次兄が電話で聞いたみた。

次兄はやっぱりそうだったよ、というように一寸苦笑しながら戻って来た。

父が死んだ事によって、永年胸に抱いていた念願が初めて郷里にとどいたという侘《わび》しい気持が私達兄弟の胸を抉《えぐ》った。

とにかく、身内の誰かが出席せねばという気持はあったが、忙しい商売をしている兄達は、表彰式に間に合うには前日から出掛けねばならず、とても時間的余裕はなさそうであった。

大学病院で急患なども診なければならない私の事情を承知の上で、母はどうしても私に出席してほしいと懇願した。

兄達も表彰の意味を知ってから、郷里の近くに住む伯父に代行を頼んでみてもよいが、出来れば私に行ってほしいと遠慮がちに言った。

私も学会準備で多忙な日々ではあったが、どうにか段取《だんどり》をつければ二、三日の余裕はとれそうで、不自由な体でなければ自から出掛けるであろう勝気な母の性格を考えると、まして父が永年叶えられなかった故郷への思いが—父の気持の何分の一でしかなかったかもしれないが—実現された事に対して私自身の感懐もあり、私は出席する事にした。

父が逝《い》ったのは酷寒の二月であった。

前の年の秋にはまだ私の家を訪ね好きな酒を酌《く》み交わすぐらい元気だったが、冬の初めから次第に下痢が始まり、いろんな薬石の効もなく最後は老衰の状態で逝った。

それでも死の数時間前まで口に酒をふくませ、好きな浄瑠璃を口遊《くちずさ》んでいた。ある意味では大往生と言ってよかった。

父の最後を夜中一人でみとる破目となった母にとっては、それでも心残りはあったらしく大変気にしていた。

私は出張していて、臨終には間に合わなかった。

死の間際まで酒を要求する気力のあった父が突然逝くことは、誰にも予知できないことであって、母の心情もわからぬではなかったが、私達子供にも、父に対してやれるだけのことは全てやり尽したという満足感はなかった。

が、親が逝った時はあれもしてやっていれば、これもしてあげていたらという悔恨は大概の子供には残るもので、父は年も八十歳であったため、それなりに寿命であったという割り切り方をせざるをえなかった。

それでも、父の死の直後より、父の死を悲しむ気持はむしろ日を追うごとに深まっていた。

もう父がいないということを深夜の床の中で思いついた時など、私には一種の恐怖さえ伴う悲哀と焦慮感を憶えることさえあった。

晩年の父の故郷への思慕というか、懐旧の情というか、それはすざましいものであった。そして、それにもまして父は父をはぐくんだ故郷への奉仕と御恩返しをやらねばという気持が強かった。

父が老耄《ろうもう》の状態に陥った最後の数カ月、父の口から出る言葉は幼き日の故郷の思い出や、山河や幼友達のことばかりであった。

私のことは忘れてしまったらしい、と母を嘆かせた。

私達には仕事もあり妻子もあるが、父の看病一筋の母には、やはり淋しいことにちがいなかった。

まだ三十才半ばの私でさえ、路傍の景色にふと幼き日の山河が鮮明な二重写しになり、めくるめくような郷愁を憶えたりすることがあり、夾雑物のすべてを忘却した老耄の父の網膜と鼓膜には、人生で最も感受性の強い幼き日の思い出だけが再び芽を吹き、蘇えっても不思議なことではなかった。

元気な時代の父は、故郷の事を美化したり感傷的になって、私達子供に話してくれるようなことはなかった。

思い出してみても一言も語ってくれなかった、と言った方が正しかった。

それは子供心に奇異とさえ写った。

父は故郷を喪失した人に思えてならず、幼いながらも父の故郷のことは禁句とさえ感じとっていた。

父が故郷のことを口に出し始めたのは、私がまだ医学部に在学中の頃であった。

三人の兄達は既に社会人となり、手がいるのは私一人になっていた。

それでも決して経済的に余裕があるといった状態ではなく、母はその頃リュウマチの悪化に悩んでいた。

その頃父が、唐突に故郷の村の生家の近くに御堂と、父が第二の故郷とさだめ、今も自身が住んでいるF市に戦死者の慰霊塔を建立《こんりゅう》したいと言い出した。

私達は最初のうちは母の口から間接的に聞いたため、父の真意がどんなものかは知る由もなかったが、母の溜息まじりの言葉から、父はかなり頑固に主張しているらしかった。

母の溜息が私にもよく理解できた。

その頃父は七十才に近かったが、まだ自分の家を持っていず借家住まいの身であった。

一生のうち一度は自分の家を建てたいというのは、母の願望であった。

戦前はF市で一、二の薬局を開き、いつでも建てようと思えば建てる余裕はあったのに、その余裕がかえって災いし、戦災によってその機会を喪ってからは、戦後の惨憺たる生活が続き、その機会は容易に訪ずれなかった。

御堂にしても慰霊塔にしろ私達子供の時代感覚では、建立の意味を理解するには父の気持との大きなずれがあった。

そういうことは素封家か、篤志家のやることで、母の言うマイホーム建築の方が大事な事に思えた。

父の意志が固まるにつれ、否応なしに、父と母の争いに私達子供もまき込まれていった。

私達兄弟は父を説得し、母を宥めて慰霊塔の建立だけに思いとどまらせた。

父の故郷とはいっても私達兄弟には、遠い疎遠なものにしか思われなかった。

戦時中、父はF市の消防分団長や在郷軍人会長をしていて、友人の子弟や部下を戦場に送り込む役目をせざるを得なかった。

父は晩婚であったため、我が子を戦場に送る事が出来ず、それが父の負担であったに違いなかった。

そういう気持が父を慰霊塔建立に走らせたのであれば、父との関《かか》わり合いを殆んど知らない父の故郷の御堂建立よりもはるかに私達を納得させるものがあった。

慰霊塔は父が分団長をしていた校区の小学校の裏の、小さな公園の片隅に建てられた。

円錐状の塔の上に平和の象徴たる鳩が大空に向って飛翔《ひしょう》せんとする像であった。

慰霊塔の除幕式は八月十五日の終戦記念日に行われた。

父は数日前から何度も公園に出掛けて行き、私達子供を公園の清掃に刈り出した。

当日は校区の遺族が多数列席し、遺族達は一人一人父の手をとり感謝し、中には父の肩を抱いて涙する人もいた。

参列者の後方から見る父の後姿には、父には父だけの私達の知らない世界があり、父が塔の建立にかけた真情が初めて理解され、私達兄弟の浅はかな打算を恥じる気持が湧きあがった。

それからの父は、故郷での御堂の建立については再び口にすることはなかった。

間もなくして、父は最後の財産の山林を処分して、母の願いであった家を新築した。

それはささやかな家ではあったが、父母にとっては生涯初めての家であった。

父にはもう、故郷へ御堂を建立する財力は残っていなかった。

家を建ててから父は、急に老がおし寄せたようであった。

心の奥深くに御堂建立の願望が残っているであろうと想像すると、父が哀れで可哀想であった。

父はT川のはるか上流の山峡の寒村の農家の次男として生れた。

私は父の故郷について殆んど知らない。

父も語る事はなかったし、私も知る機会がなかった。

父の時代の故郷は語るところではなく、忘れ去るところであった。

後年、私が成長するたびにかいま見た故郷は少なくとも、私の目にはそう写ったのであった。

文化の日の前日の診療が終ると、午後から私は父の郷里に向って車で出発した。父の長兄の長男で（私には従兄弟になる）、父の郷里の本家の跡を継ぎ、農業をしながら村役場に勤めている従兄弟に前もって手紙で来訪を知らせていたので、郷里の手前の町の駅前で落ち合うようになっていた。

さわやかな秋晴の日で、雲がうすく天高く流れていた。

従兄弟とは父の葬式の時に会っていたが、私が父の郷里を訪ずれるのは二十年ぶりのことであった。

従兄弟は駅前の菊の鉢が沢山展示してある広場で待っていてくれて、自分の息子を迎えに来た時のような一寸のはじらいの表情を見せながら車に乗り込んできた。

私達は従兄弟同志と言っても、親子程の差があった。

車は暫らく進むと平野から次第に川に沿って山間がせばまり、やがて父の郷里にはいっていった。

山峡の所々に田圃があったが既に稲刈りは終り、山は紅葉し始めていた。

二十数年前の記憶にある郷里とは随分ちがって見えた。

狭く凸凹であった道は立派に舗装され、時々窓外に去来する部落も新しい家が多く、ドライブインや、木工、椎茸などの工場が建っていた。

幼い時に感じた狭く暗い、貧しいイメージが一掃されたことを感じた。

そのような感懐を従兄弟に話すと、「確かに昔に比らべ、明るく豊かになりましたね。若人も最近は住みつくようになりましたからね…」と従兄弟は我がことのように嬉しそうに言い、これまでに村が歩いて来た苦難とこれから進もうとしている方針を説明してくれた。

従兄弟の家では家族が道路まで迎えていてくれた。

高齢ながら伯母が健在で私の来訪を心から喜んでくれた。

最近長男に嫁をとったばかりで、従兄弟夫婦を合せて五人家族であった。

家のあちこちに、特に炉辺には田舎のにおいが残っていて私の心をなごませてくれた。

山女魚の塩焼やとろろ汁、ちしゃ揉みなどの山菜料理などがことさら旅情をなぐさめてくれた。

まだ若夫婦に子供が出来ていないため家の中は静かなものであった。

長男夫婦も暫らく付き合って呉れていたが、明日の文化祭の準備があるらしく公民館に出掛けて行った。

「もうお父さんがなくなって半年が過ぎましたね、早いものですね」と従兄弟が父を追想するようにしんみりと言った。

「まだ生きているような気がしてなりません」私は答えた。

「お父さんはこっちの方が好きで強かったね」

と従兄弟は盃をもち上げて微笑しながら言った。

「ええ、父と一度計算したことがありましたが、酒だけでも何百石にもなりましたよ」

「何百石ね…」二人は大笑いになった。

「お父さんはね、二十才の時、もう六十年前の事ですが、この家の次男に生れた以上、田舎では梲《うだつ》があがらないと郷里を飛び出したそうです。兄弟が十人あったし、長男（私の父ですが）にも遠慮したのでしょう。それから一生懸命頑張ってF市の市会議員までなったのですから、たいしたものでした。幼い頃はよくお父さんの出世話を祖父母から聞かされ誇りに思ったものでした」

従兄弟は私も知らないような父の話を色々してくれた。

「戦争さえなければお父さんは市会議員のもう一つ上の段階まで確実に行っていましてね。あの当時この村の若い者をひきとって番頭や丁稚《でっち》、女中として世話し育てやったものです。あのまま順調にいっていればお父さんは本当に村一番の立志伝中の人になっていましたね」何度も同じ事を従兄弟はくり返した。

酔も回って来ていたが、父の所業が戦争のために中途で挫折したのは従兄弟にとっても痛恨事であったようだった。

「戦災、疎開、終戦によってこの村に、この村出身の大勢の人達が引き揚げて来たが、お父さんはこの郷里を選ばず、見ず知らずの隣県の村を選びました。回りの者はこの村に帰って来るよう勧めたのですが、お父さんの矜持が許るさなかったのでしょう。私にはお父さんの気持がよくわかる気がしますね…」

私にもその時の父の気持がなんとなくわかるような気がした。

「終戦後、貴方達も苦労したろうね」、従兄弟は一寸暗い表情になって尋ねた。

「ええ、でもあの当時は日本人皆がそうでしたから…」

私は故意に、さらりとした口調で言った。

心の深底では、私は思い出しても身振いするような生活がよみ返っていた。

田舎に疎開してからの生活は骨の髄まで染みこんだ飢餓感、一家心中の恐怖感、村人からの疎外感に満ちた悲惨なものであった。

終戦の時、父は既に五十才を過ぎていて、そのうえ晩婚のせいで、私はやっと小学校にはいったばかりであった。

空襲で父は全てのものを喪失していた。若くして故郷を出た父は農業らしいことはした事はなかったのに、わずかの山地を買い求め開墾したりもした。山林買売の仲介、薪の販売、山にあった良質の石灰土を洗剤として売り出したり、草木から牛馬の胃腸薬を考案して発売した事もあった。

「あの当時、私達も貴方のお父さんに手助けしたいと思っても、私達も貧しくてどうしようもなかった。貴方も今日見て来た通りこの山峡の村には猫の額みたいな田圃しかなく、自分の不甲斐無さに情なくなったものです。猫の額にしがみつかねばならぬ貧しさ、あの当時私はまだ青年だったが、狭い山地を見るたびに猫が谷間にうごめいている幻想に捕われたものです」

従兄弟は深い溜息をつくと盃をほして私にさした。秋夜の冷気が雨戸越しにひしひしさしこんできた。従兄弟は立ちあがると土間から炭を十能ですくって囲炉裏につぎたした。

「それにしてもお父さんは偉かったですね、一言の愚痴も弱音も泣言も吐かなかったね。お父さんに恩を返さねばならぬ人は沢山いたのに」

「そうそう、貴方も知っているかもしれないが、数年前に一度お父さんが訪ねて来て、なにかこの村に寄贈したいと申し出たことがありました。お父さんは自分がこの世に存在したことの証《あかし》と、郷里への感謝の気持を残したかったのでしょう。明治の人の心意気でしょうね」

「私も父からその計画を聞かされ困惑したことがあります。まだ自分の家も借家なのにその余裕はないと私達子供は猛反対したのです。父は秘かに寄贈する予定の御堂の設計図を丹念に書きあげたりしていたのですが…。今から考えると父の思い通りさせてあげればよかったと後悔しています。父の死によって、その香典返しで父の意志が故郷に通じたことを父は地下でどう思っているのでしょうか」私は少し涙ぐんできていた。

「そんなに思いこまないで、貴方達でやれる事はやったのだから、それで充分ではないですか。お父さんもきっと喜んでいますよ」

従兄弟は私の肩に手を回して私をなぐさめてくれた。

翌朝私は朝早く目覚めた。昨夜の疲労もうそのようにとれていた。

土間に降りると、深い霧が土間までたちこめ、戸外に出ると霧の中に電灯を明々とつけた鶏舎が庭から先に霧にぼんやりとうるんで長く続いていた。暫らくすると霧の中を一家の人がそれぞれに籠に一杯の卵を持って帰って来た。

土間にすえられたテーブルで朝食を食べながら、

「今日は文化の日に相応しい秋晴れになりますよ」と従兄弟は我が事のように喜んだ。

朝食が済むと従兄弟も長男も作業服を礼服に着替えた。

表彰式が終るとそのまま郷里を跡にする私を伯母が、私の手を取り、又いらっしゃいと何度もくり返して言った。

霧はまたたく間に地上からうすれていき、川瀬をのぞかせ、山肌を洗いながら上の方へ消えはじめていた。

長男の若い嫁が一斗袋一杯の柿と栗を抱きかかえて来て車に乗せてくれた。

村役場のすぐ隣りにある、表彰式の会場にあてられた生活学園につく頃には霧は晴れあがり、清浄な水で洗ったばかりのような青空が山峡の空に広がっていた。

生活学園の広場は表彰を受ける人々であふれていた。

会場は粗末なプレハブの建物であったが、菊の鉢が随所に置かれ、その凄烈な香りが会場に充溢していた。

表彰式は九時に始り、最初に教育功労者、次いで永年勤続の村会議員、村役場職員の表彰と続いた。

その後、生存者の村への功労に対する表彰が終り、次いで一番最初に母の名前が呼ばれた。

母の名前が私自身の名前のように緊張して前に出た。

「感謝状、故郷の草深い学舎を瞼に浮かべながら逝ったのでありましょう亡父の御意志をついで、貴方は多額の御寄附を本村学校教育に寄せて下さいました。御厚志は全児童の心に深く刻まれて永く残るでしょう。文化の良き日にあたり感謝の意を表します」

私の後には貧しいながら親に孝養をつくした人々の表彰、スポーツ、健康優良、絵画、作文、習字などで県内に優秀な成績をおさめた学童の表彰が続いた。

学童が表彰を受け始めると会場に、若い香気が躍動してきた。

全ての表彰が終ると、改めて村長が演壇に上り、表彰者も立会人も全員起立をした。

「菊香る文化の日に、皆様方の文化功労に対して……。文化とは人々の営みそのものでございます。世間では文化とは芸術、学術、文学などに秀いでたことと認識されているようですが、確かにそれも文化の一要素でありますが、それは些細《ささい》な一面であり、文化とは本来地味で質素な努力であります。本日の表彰には永年村の発展に地道に寄与した人々、親に孝養をつくした人々、又これから村を背負っていく若い人々の日常の活躍を顕彰できたことは私の喜びとする所であります。一方この故郷に生を受けながら、事情により他郷で生活をし、死するまで故郷の発展を願ってやまなかった人々の表彰を行えたことは私の望外の喜びであります。遠く故郷を離れて、故郷を思う心情こそ文化そのものであります……。」

私の胸の中に熱いものがこみあげてきた。

式が終ると出席者の慰労と謝恩をかねて村の若い女性による琴の演奏が行われた。

清冽な琴の音色が菊の香りの満ちた会場を流れた。

私は今日の式に出て来た事の喜びをしみじみと感じ、母も同席できたらとの思いにひたった。

帰り際に、従兄弟が村長を案内してきた。村長は遠路からの出席に感謝し、父の死を惜しみ私の手を強く握った。

従兄弟と長男が見送ってくれた。私は秋晴れの父の郷里をあとにした。

間伐

一

間伐のことは、前からずっと気に掛かっていた。

忙しさにかまけた訳ではなかったが、木材業界の沈滞、山林職員の不足などを聞いて、何となく乗り気になれなかったというのが実情である。

私は、三つの杉山を持っている。

それぞれの山がどのくらいの広さか、植わっている樹木がどれほどの樹齢かも、よく知らない。いずれも、大した山ではない。木は殆ど杉で、檜が少しあるだろうか。一ヘクタールが一町歩であることは知っていても、実際にどのくらいの広さなのか知っている人は少ないだろう。

一町歩は十反で、一反は三百坪である。

マイホームを購入する年齢になって、百坪もの敷地を一般サラリーマンでは、まず買えないと知り、百坪の広さが認識されるようになってくる。

戦後の食糧難の時代に育った私には、一反の田畑を持っている人は、羨ましい夢のような存在であったのを思い出す。一反の田畑があれば、数人の家族が優に食えることを知っていた。ただ、少年の頃の私には、一反とか一町とかの広さは知識を越えた世界であった。

父が、何町歩の山だから、何千本の杉が今に立派に成長する、と子供の私によく言い聞かせていたのを思い出す。

でも、それは全く私の興味を惹《ひ》く話ではなかった。

父からは二つの山を貰った。

死の床に就いた父の前で、私は兄たちの言う通りに分け前を貰った。どのような山か知らなかったが、一、二度父に連れられて行った記憶があるようにも思った。

若い頃、父は山深い郷里のN村を出た。そして、F市で薬種商として一家をなしたが、終戦直前に郷里に近いA町に疎開した。

そのA町で、私たち兄弟は少年期を過ごした。

父は晩年に再びF市に戻り、そこで生涯を終えた。

私は紆余曲折の末、縁あって父の郷里の隣街で医業を開いている。

「この際、思い切って三つの山を徹底的に間伐したいのだけど、どう思うかね」

と、私は晩酌しながら妻に持ちかけた。

妻は暫く私の顔を驚いた風に見ていた。

「突然でびっくりしたわ。十五年ぐらい前に三つの山の手入れをしたけど、またどうして今頃。この前も子供たちに山の話をして、山を見に行かないかとしつこく誘っていたけど、誰も全然興味を示さなかったのに」

「うーん。子供たちは何も分かっていないから山の価値を知らないのさ。そのうち分かるよ。子供たちの話はするな」

「あなただって、お父さんから貰った時、山には全然興味を持たなかったじゃない」

「若い時はそんなものさ。今度間伐すれば、僕の世代ではもう手入れは要らないと思う。後は子供たちの気持ち次第さ。ただ僕にくれた親父の気持は大事にしたいと思っている」

子供といっても、皆三十歳を越えている。しかも娘ばかりである。嫁にいったのもいる。

「これまでの間伐でも、結構お金がかかったし、あの時でも間伐をしてくれる山林従事者というか、職人の方がいなかったわね。その点は大丈夫なの」

妻は山のことなどに興味を持ってなくて、殆ど憶えていないと思っていた私は驚いたし、ある面少し苛立った。

「現在の山林事情を、僕は全然知らない。だから、これから、いろんな方面に当たってみようと思っている」

「いま杉の値段は話にならない程に安いそうですね」

どこから知識を得たか知らないが、妻が杉材の値段にまで言及したので、私は腹が立ってきた。

間伐に関して、私は本を買って密かに勉強していた。確かに杉材の価格は、父が死亡して山を譲渡された三十年前の昭和四十年代半ばから、少しの上下はあっても、結局のところ変わっていない。

妻の言う通り、昭和四十年代半ばの物価指数を一〇〇としたら、平成十年代前半は二〇〇ぐらいであるらしい。平成初期のバブルがはじけてデフレで物価低迷しているとはいえ、木材価値が全然上がっていないのは安価な外材輸入が主因であるらしいが、それにしてもひどいことである。

「僕は杉の価格で、ものを考えているのではない。親父の恩に報いたいのと、杉の巨木が清爽《せいそう》と林立する姿を見たいという、男のロマンからだ。子供たちが興味を持とうと持つまいと関係ない」

妻は黙った。

私のロマン癖《へき》がまた始まった、と考えたのだろう。実際のところ杉材は、今は売るに売れないほどの価格低迷に陥っている。


毎年、年末の時間のある時に、私は密かに持ち山を点検に行くことにしていた。だが、この数年行っていない。

今年の秋分の日、私は一人で留守番していた。昼寝から目覚めたら夕方になっていた。秋の彼岸の中日であることを思い出し、仏壇に線香をあげようと仏間の襖を開けたら、部屋は真っ暗で、一瞬何も見えなかった。縁側の二重カーテンを閉めたままだったのだ。目が慣れてくると仏壇の金具や床の間の掛軸、花瓶、積まれた座布団、障子の桟などが仄《ほの》かに浮かび上がってきた。灯明をあげながら、どこかで経験した光景、と思い出そうとしていた。

仏間を出て、裏庭の植木を見た時に、突然思い出した。

それは、父から譲渡されたN村の山が荒れに荒れている、と山の近くの人に注意されて、初めて山に入った時の光景であった。

下刈りも、除伐も間伐もしていない山は昼間でも真っ暗で、手探りでないと入れなかった。目が慣れてくると痩せ細った杉が密集して立ち、杉には葛《くず》や蔦《つた》が巻きつき、雑草や雑木が複雑に絡みついていた。まるでジャングルであった。

じんわりと見えてきたあの感じだったのだ。あの時は本当に呆然と立ちすくんだ。

あまりの荒れように、杉山というより蔦山と近所の人に呼ばれて呆れられていたらしい。杉山が延々と続く中に私の山だけが秋など蔦の紅葉で、異様な色合いを見せていた。

それからの手入れが、大変だった。

既に手遅れの状態に近かった。杉は曲がったり、変形したり、倒れたりしていたが、とにかく、譲ってくれた父の手前、出来るだけの手入れを行った。費用が大層にかかったのを覚えている。妻は、その時の手入れが大変で、金をかけたのに、結局は他人に売り払った苦い経験をしっかり覚えていたのである。

「N村の山の世話をしてくれていた江藤さんも亡くなりましたね。A町の吉原さんだけがご存命ですかね。あの人にでも当たってみるんですか。もう昔のようなことは懲りごりですよ」

妻の記憶力に驚いたし、私が間伐を行う手掛りにしようと考えていた吉原さんの名前まで出されたので、機先を制された気持ちで不愉快になった。

「昔のようになりたくないから、やろうとしているのだ。僕が考えながら少しずつ実行していく。反対はしないでくれ。金も使うけど、文句を言わないでくれ」

と厳しく釘を刺した。

十月中旬、私は吉原さんを訪ねた。

数日前に電話して、A町にある父から貰った杉山で会うことになっていた。杉山に登るのも吉原さんに会うのも十数年振りのことになる。秋の半ばであるが、午後の山中はひんやりと寒いくらいであった。

久し振りの山歩きで道に迷って、約束の時間を三十分も遅れた。

吉原さんは杉山の入り口にある山小屋の前庭で、焚き火して煙草を喫っていた。

遅刻を詫びると、十数年前より顔の皺は増えているが精悍な面持ちと、一転して表れる人懐っこい笑顔は、少しも変わっていなかった。

「十数年振りじゃろう、よう辿り着いたね。心配しとりました。わしも最近は子供からやかましゅう言われち、携帯電話ば持たされとるんじゃ。克利さんに電話番号ば教えちおけばよかったたち、と思っとったところじゃった。山で何か起こったら大変なことじゃけんね。まだ、わしから電話したことはなかばってん、ばあさんや嫁が用事でよう掛けちくる。こぎゃん便利なもんはなか、と感心しとります。よう来なさった。わしからも、こん山んこつで、電話ばしようと思っちょった」

吉原さんは焚き火で温めている玄米茶を湯呑みについでくれた。

腰も曲っておらず、痩せ型だがしっかりした体付きは昔のままである。杉山の中での椎茸作りと杉山の手入れに精を出しているためだろう。吉原さんは椎茸栽培のために私の山の一部を借りている。

山小屋から、杉山の中に椎や櫟《くぬぎ》をA字に組んだ榾木《ほたぎ》の列が沢山並んでいるのが見える。

「今日は、ご相談があってまいりました」

「克利さん、それば当てちみしゅうか」

と吉原さんは少年の眼になった。

私は、言って下さいというように笑顔で頷いた。

「こん山ば、徹底的に手入れちゅうか、間伐ばして、きれいにしようと思っとるんじゃろが」

「よく分かりますね、そのものずばりですよ」

「顔にそう書いちょりますばい。克利さんの性格から、山を丸ごつ売ることは勿論出来んし、全部の木を切り出しち、売るこつも出来んじゃろう。今、材木の値段が低迷しているのは別にしてん、克利さんなこん山を、手離しきらん」

「今更間伐して、立派な山に出来ますかね」

「そりゃ、出来ますばい」

「この前間伐した時には、人手がなくて往生しましたが、今、人手はありますかね」

「確かに山林労働者は減っちょるが、今は各地の森林組合がしっかりしてきちょるし、山林用の機械が充実してきておるけん、心配なかでっしょう」

吉原さんと私は、杉山へ歩いて行った。

秋の陽は西に傾きはじめて、杉山は暗くなってきていた。しかし、これは太陽の明かりのせいではなく、間伐が遅れて、木々が密集しているための方が大きいようだ。

樹の丈は随分伸びて驚く程で、顎を一杯に上げないと樹冠を見ることが出来ない。だが樹冠と樹冠が、複雑に重なり合って空は全く見えない。

樹間が狭く雑草、雑木、石が混在して足に引っかかったり、躓《つまず》いたり、滑ったりして先になかなか進めない。吉原さんは慣れたもので、飛ぶように先を行き、木を一本一本触り、樹間を測ったりしている。

「克利さん、こりゃ、半分ぐらいは間伐せんといかんね。そうすりゃ立派なもんになる」

「半分もですか」

と私は驚いて尋ねた。

「克利さん、〝間伐は他人に任せろ〟ちゅう諺がある。自分で切る木を決めちょったら、惜しくなったり、欲が出ちきて、ろくな間伐もできゃせんで、失敗に終わるちゅう戒《いまし》めでっしゃ。伐《き》り過ぎたぐれぇが、いいんじゃあ」

「そうですか、間伐とはそんなものでしょうね。私は山には素人ですから、吉原さんにお任せします」

「十年前に間伐しちょったら、今、立派になっちょったろう。あん頃は、山林職人も少なかったし、切ってん搬出する林道も整備されちょらんやった。克利さんも患者が多て忙しいち聞いとったけん。あん頃、わしも腰を痛めち入退院ば繰り返していたけんで、言いそびれちょった。毎日のようにこの山を見ちょって、申し訳なかと思っちょった。杉の木としちゃ、とても質がよかけん、今やれば間に合うどこじゃなか。そげすりゃ二十年後には見違えるような杉山になる。そん頃は、少しは杉の値段も上がっちょるじゃろ。ばってん、克利さんは、良くなったらなったで、売りも切りもしきらんじゃろ。孫の代まで待っておれば、銘木《めいぼく》の山になるばい」

「この十数年、間伐のことはいつも気になっていたのですがね。つい忙しさに託《かこつ》けて杉山に手が回らなかった。山のことは難しいと感じて、敬遠してました。そうですか、孫の代まで待っておれば銘木になりますか。私の子供なんか、今のところ山など全く興味持っていませんがね」

「どこでん、そぎゃんもんじゃあ。親が死んじ、初めち有り難みが分かりゃ、まあ、いい方じゃゃね。ご先祖さんがいい山を残してくれちょるのに、全然手入れをしちょらん山が、ごまんとあるんじゃね。わしんとこは、運よう長男が残っちくれち、一緒に椎茸づくりばしてくれちょる。毎日、山ん中の暮らしじゃけど、欲がない。近在の見捨てられた山ば買うち、手入れして育てんかち言うけど、あまり興味を示さん」

戦後日本は、徹底的に自然を伐採して、杉や檜などの針葉樹を植えて人工林を造った。だが、やっと育った頃から安い外材が大量に輸入され始めた。それで、山林の値段が下がってきた。その頃、高度経済成長が起こり、田舎で農業や林業をしている者が、都会へ洪水のように流れ出していった。取り残された山林は荒れた。

吉原さんは慨嘆しながらも、倒れかかった木、育ちの悪いもの、曲がったもの、他の木を邪魔している木をチェックしていった。

隣の山との境界も教えてくれた。

この山地は比較的平坦である。私の持っている他の二つは、三十度から四十度の急斜面であるのを思い出していた。

山を一周して山小屋に戻ると、遠い西山に少し陽が残っていた。

全て山の中であるのに、改めて気付く。吉原さんは素早く杉枝に火をつけて焚き火を熾《おこ》す。

「間伐のこと、吉原さんにお願いしてよいですか」

恐る恐る吉原さんにお願いした。なにしろ私より二十歳は年上で、八十歳は優に越えている。

「幸利さんの息子さんの克利さんの申し出ですけん、わしでよかっちゅうなら、引き受けなならんでしょ。幸利さんには、我が子のように可愛がっち貰ったもんじゃ。今、森林組合の若い衆が張り切っち、自分の持ち山んごつ丁寧にやっちくれる。わしから組合に先ず当たっちみましょ。克利さんの都合んいい日ば教えてくれりゃ、組合のもんを呼んじ、克利さんの立ち会いんもと、山をあたらせまっしょ」

「それじゃ、土曜日の午後がよいのですが、それから、山を見終わったあと、吉原さんとはお久しぶりですので、組合の若い人とはお近づきのしるしに、T温泉で一献差し上げたいのですが……」

「一杯飲まして貰えりゃ、若いもんは大喜びでっしょ。昔、幸利さんとはよう飲んだもんじゃ」

「それで、今年の暮れまでには間伐は終わりましょうかね。年末に子供たちが帰って来ますので、驚かしてやりたいと思っているのですが、間伐の季節としては良いのですか」

「あと二ヵ月半はあるね。山は結構広いし、木は高く大きいし、間引く数も多くなるじゃろうが、今は機械もいろいろ出ちきたし、林道も出来ち、搬出も容易になったけん、間に合うち思うけど、全力投入させまっしょ。時期的にゃ、今が一番。昔から山ん手入れは稲刈りが終わっち田植えまでん間の仕事じゃった。地ごしらえ、植林、下刈り、ツル切り、除伐、枝打ち、間伐と、秋の終りから春ん間にやっちょったんじゃ。間伐には、これからん年末が最適じゃなあ。間伐を終えち立派になった山が目に浮かぶようじゃ」

吉原さんは振り返って、杉山に目を細めて暫く眺め入っていた。

二

吉原さんから、間伐するには森林組合を利用すればいいことを教えられた私は、残った二つの山を管轄する森林組合を調べた。

K村とN村は、同じ組合担当である。

組合に電話して山の地番を言うと、最近国土調査が終わっていて、私の山の面積、地形、隣山の所有者まですぐ判る仕組みになっていた。

間伐のことを尋ねると、いつでも相談下さいとのことである。

知らない間に、山林の管理も随分変化したのを感じた。十数年前に三つの山の手入れをした時は、山林労働者を探すのに難渋した。結局、それぞれの山の近くに住む老人に頼むしかなかった。間伐までして貰いたかったのだが、下刈り、雑木の除伐、枝打ちしか出来なかった。仕上がりを点検に行っても、正直、あまり手入れをしたとは見えず、その割に労賃は高かった。このことが、その後の間伐をためらった原因でもあった。

吉原さんが嘆いていた杉の値段が下がり、都会の繁栄に田舎の労働力がどんどん吸引されていった時代だったのであろう。

N村の私の山の近くに住んでいて、杉山の中の小川の流れている湿地で、二十年程前から山葵《わさび》を作っている田中さんに電話した。田中さんは年一回ぐらい、山で栽培した山葵や竹の子、山芋などを持って訪ねてくれている。

近いうちに思い切って森林組合に頼んで、間伐しようと思っている事を話した。

「そりゃ、いいこってすばい。山が濃すぎて、木同士がお互いに邪魔して、太りきらんごつなっとります。金のかかるこってすけん、言い出しきらんでおりました。間伐して貰《も》ろうたら、山葵をまだ沢山作れますけん、私も助かりますばい。森林組合なら、今若いもんが頑張っとりますけん、よか仕事ばしてくれますばい。今度思い切りやっとけば、もう今後は手は要りまっせんばい。そりゃ、よかった。克利さんはわざわざ山まで登ってこんでんわたしが立ち会って境界やらちゃんとしますけん、任せて下さい。克利さんは出来上がった時、見にくりゃよかですたい。そりゃ、よかった、よかった。早速、山葵の種蒔きの用意をしとかな」

すぐにも種蒔きの準備にかかるような慌ただしさで電話を切った。

深い山の中で田中さんは、細々ではあるが、米や麦、野菜、鶏を飼ったりして農業だけで生活している。

田中さんの調子よさに苦笑したが、A町を始めたら、続けてN村も一気にやろうと思った。

N村の山の管理、手入れの失敗と、その後の売却の経過は次のようだった。

私は父からA町とN村の杉山を、昭和四十五年に父の死により受け継いだ。

杉山には、正直言って当時殆ど興味を持っていなかった。貰ったままに放置していたと言っていい。山の所在さえ、はっきりは知らなかった。

それから二、三年経って、N村の村道から川を挟んで対岸に見える山が荒れに荒れて、このまま放置すれば杉山は枯れてしまうと噂になっており、それがどうも私の山であるようだ、と見ず知らずの人が教えに来てくれた。

行ってみると、私の山だけが他の杉山と違って、落葉樹の雑木林みたいな姿を見せていた。

父は晩年F市に移り住んでいたが、父の郷里に近いA町とN村の山を見に来るのが楽しみで、その時はN村の近在の街で働いていた私の家に宿泊していた。

私は知らなかったが、妻は父を乗用車でN村の山の近くまで乗せて行き、父が山の世話を頼んでいた江藤さんの家にも、何度か立ち寄ったことがあった。

それで妻は江藤さんを知っていた。妻と一緒に江藤さんを訪ねた。江藤さんは喘息がひどく起き上がるのも大変で、咳で話も出来ない。

家族の人と抱きかかえて縁側まで移した。

縁側から、荒れ果てた私の山が正面に見える。

「私がこんな病気をしたもんだから、手入れが出来ず荒らしてしもうた。幸利さんに申し訳ない」と涙ぐんだ。

延々と川沿いに続く杉山の中で、私の山だけが蔦が絡みつき、杉山には見えない。

江藤さんは山の登り口、山の境界を教え、手入れの職人まで紹介してくれた。山の境界は山の色からして一目瞭然、恥ずかしい程にはっきりしていて、江藤さんの説明を聞かなくても分かり、思わず笑みが溜め息に変わった。

江藤さんの紹介してくれた人に頼んだが、あの山は坂が急で、あれだけ荒れていれば、回復させるには相当の労力と金額がかかると敬遠された。その人が紹介してくれた人は、さらに年老いた人であった。五割増しの日当の条件であったが、私は承諾した。何とかしなければ、父に申し訳ない思いが強かった。

その山は川沿いの道から四十度の勾配で登っており、山裾から山中を直接登るのは無理だ。

沈み橋を川向うに渡り、山の横のいろは坂みたいな道を登るのだが、それは大変きつかった。

父から貰ったN村の山は、今から振り返ると、そんなに大した山ではなかったと思う。でも、父が江藤さんたちと自ら植林したのであった。父の思い入れは深かったと思う。

N村の山の手入れは、素人の私から見ても大変と思った。雇った老人も、一所懸命にやってくれていたが、荒れた山林には、すぐには効果は出なかった。四十度の傾斜がある荒れた山であるから、下からは登られない。脇道を登って、山頂から下へ降りねばならない。山上の杉の木立を中へ踏み込むと、そこは何も見えない闇の世界であった。

手探りで山の中へ入っていく。

真っ暗闇で、そして急斜面であるから、一歩一歩降りるのも大変で、古井戸の中か、地下壕へ降りていくような、何か地獄の底へ引き込まれる恐怖を覚えた。杉に纏わる蔦は根の所を切るのがやっとで、それを木から解《ほど》き取ることは難しく、枯れるのを待つしかない。

それでも、私は手入れした。

隣接の山は、山を削って岩石や砂利、砂を採取する採石場になっていた。

二年間手入れしても、見た目に効果が上がったようには見えなかった。だが、素人の私は、それが普通と感じていた。

「効果が上がっていないのが効果だね。だって、効果がなければ山はさらに荒れていくはずだから」と、妻が呑気に話していた。

ある日、隣の砂利採取業者が、私の山の下半分を売ってくれと言ってきた。

山は父が植栽して十五年ぐらい経っていたが、素人の私でも育ちが悪いと感じはじめていた。でも、それはそれで父の記念として、手入れをしていこうと考えていた。それでも山の下の方は土砂崩れが起こっていて、恐らく将来は、崩壊して杉山にならないと考え出していた。下半分は今が潮時、と判断して売った。父には申し訳ないと思ったが、代わりにそのうち、ひと山買おうと考えたりしていた。

あくる年、残りの山を全部譲って欲しいと言ってきた。

その頃、盛んになっていた高速道路や工業団地造成で、砂利の需要がひっきりなしにあるようであった。山の上の方は杉の育ちもよく、特に頂上辺りには檜の大きいのが百本ぐらいある。江藤さんによると、山の前の持主が四十年生ぐらいの杉山を伐採したあとの禿山を、父が買い植林したのだった。その時頂上に残った、まだ伐採するには少し早い二十五年生ぐらいの檜を、父は一緒に買ったものと思われる。だから今、檜は立派な成木になっていた。砂利業者は、残りの山を売ってくれれば親子孫三代が食える、と泣き付いてきた。それにしては、言い値は安かった。

大きな檜もかなりあるし、杉は手入れも終わったので、このまま二十年も置けばたいした山になると思っていた。買いたいのは山の岩石、砂利、砂だから木は関係ない、と砂利業者が言い張るのだが、当然木材代は込みである、と私は主張した。

相手はあくまで木には興味なく、木は邪魔物と思っている。全く理不尽な話であった。檜だけでも伐って出そうかと思ったが、山の頂上からの搬出は大変で、そのためにだけワイヤ・ロープを張ったら、檜の値段など吹っ飛んでしまう。しかし、相手があくまで主張を変えないので、私は放っておいた。

暫くすると倍の値段を提示してきた。それでも、私が考えている額にはとても及ばなかった。だが、親子孫三代が生活できると繰り返されると、私は弱かった。

絶壁のような山から岩石、砂利を業者に代わって採る技術も度胸も、私にはない。

前回の値段と合わせても、私が二年間手入れに投資した額をわずかに上回るものでしかなかった。売却後ただちに、山林は全て伐り捨てられ、砂利の採取が始められた。

父が残してくれた山を売却したことに罪悪感を覚えていた私は、その代償として別の山林を買うことを思いたった。折角の財産を失いたくない、と思った。

私の近所に住む人がN村の大山林家の世話をしていて、その人に相談すると、すぐ山を紹介してくれた。かなり山奥であったが、足場がよく、将来の伐採時の搬出に持って来いの山であった。何年生の木なのか、どのくらいの面積で、何本ぐらい立木があるのかなどは世話人任せであった。とにかく失ったものを、補充したかったのである。

砂利業者に売った価格の三倍であった。

それは、昭和五十五年のことであった。今、調べてみると、外材輸入の急増によって昭和四十年から四十五年にかけて国内産材の材価は急落していった。だが、昭和五十年代の半ば頃に、景気の変動もあってかなり値上がりした時期があった。丁度その頃に、山を買ったようだ。だから、今から考えると高い買値であった。その山がN村で、田中さんが山葵を作っている山である。

このすぐ後に、同じ世話人の紹介で、娘さんが新規の美容院を開業するのに金が要り用になった人が、K村の山を買ってくれと言ってきたので応じた。規模はN村の半分ぐらいの山であった。

二つの山を購入して、父から貰ったA町の山を入れると、父が死去した時に所有していた山を凌いだと思い、ある感慨を抱いた。

日本でも有数の山林地帯に住むと、山林を所有していることはステータス・シンボルである。

山持ちということは、金持ちの代名詞ということになる。

何十町歩、何百町歩、何千町歩の大山持ちもいる。父の実家は戦前まで大山持ちであったらしい。父は次男であった。若い頃に家を出て都会で生活した。実家はある出来事で、大半の山を失った。終戦直後、郷里に近いA町に疎開した父は、山持ちへの憧れがふつふつと湧いてきたのではないか。

しかし、老齢になっていた父は、大した山持ちになれずに終わった。ただ一回だけ、父が大きな山を手に入れたというか、植林して立派な山を持ったことがあった。

私が高校生になった春先の日であったと思う。父の命令で母と私たち兄弟四人はT温泉の自宅から百メートル程の山を登って更にひと山越えて行った。そこに、父が買った広大な山野があった。その山野に父は檜を植林することにしていた。加勢に来ている職人も、大勢いた。

あれは十町歩以上あったのではないか。山野は緩やかな勾配で登っていて、山の端が霞んで見える、素晴らしい眺めであった。

春先とはいえ、かなり暑い日で、私たちは上着を脱いで、鍬で大地を掘り一本一本檜の苗木を植えていった。

これは将来、物凄い山になる、と私は子供心に感じた。七日間ぐらいかかって植え終えた。

父が広大な山野をどのようにして手に入れたのか、そして大変なお金がかかったと思うがどう都合つけたのか、今考えると不思議に思うぐらいの大きな仕事だった。恐らく何万本も植えたと思う。

七十センチぐらいの檜の苗木で、一坪に一本ぐらい植えたのであろうが、それは見事な緑の大地に変わっていた。

今でも、あの山を持っていれば、それは壮麗な山になっていたろう。

それにしてもあの山はどうなったのだろう。父が晩年に住んだF市の土地と、新築の家に替ったとしか思いつかない。あの山のことをすっかり忘れていたのは、妻が言うように、私が父の山に無関心であった証《あかし》だろう。

三

十月下旬の土曜日の昼過ぎ、私はA町の山に駆けつけた。吉原さんと森林組合の若者二人が山林の中の雑木や雑草を鎌で刈って、歩きやすくしているのが見える。樹木が密集し過ぎて、本当に暗い。

小一時間で作業を終えると、山小屋に降りて来て焚き火をした。

二人は三十代の潑剌とした青年である。職人と呼ぶより職員の方が合う。

「十年前に間伐していたら、今頃素晴らしい山になっていたでしょう」

若者が残念そうに言った。

「あん頃は、山林職員がいなかったけんね」

吉原さんが頷いた。

「でも、今からでも、立派な山になります。十年もしたら凄いですよ。丈はよく伸びていますが、密植のために太さが不足しています。間伐すれば高齢大径木になります」

高齢大径木とは樹齢七十、八十年以上経ち、胸の高さでの直径が五十から六十センチ以上するもので、銘木《めいぼく》扱いだという。

「一本の価格が数万円から数十万円するのもあります。この杉山は力枝《ちからえだ》といいますか、立木の一番下にある枝がしっかりしていますから、もっと大きく生育します。枝がしっかりしているし、枝下の高さもあまり高くないので、間伐すればまだまだ太ります」

「そうですか、それは嬉しいです。銘木と言われるものに是非したいですね」

私は嬉しくなって声が弾んだ。

「そんで、どぎゃん要領で間伐をするのかね」

吉原さんも意気込んで尋ねた。

「何十、何百町歩もある山は、植林する時には罫線《けいせん》に沿《そ》うように真っすぐに植えていきますから、間伐の時は二列を残し、一列を伐るといった、列状間伐と呼ばれている単純な方法が一番良いとされています。しかし、この山は二町歩ぐらいで、樹齢は五十年以上経っているようですから、保残木マーク法といって、残したい木にポリテープを巻いて目印にして、周囲の木を伐る方法がよいと思います。その前に、成長の悪い木、倒れかかっている木、曲がっている木などの不良木を先ず伐り倒します。それから保残木をマークします。そして適当な樹間をとって間伐していきます」

間伐する場合には樹と樹の間にどのくらい距離を取るかが大事である。これを平均的樹間距離というのだが、これは立木の高さの二十パーセントがよいとされている。二十メートルの樹高なら樹間は四メートル、二十五メートルなら五メートルになる。このように間伐されると、自然的な下枝の枯れ上がりは樹高の五十から六十パーセントになり、バランスよく成長していく。

「それはいいですね、科学的な根拠に基《もと》づけば、安心ですよね」

私は応じた。

「戦前の産めよ殖やせよの人口対策ではなかばってん、戦後は自然林ば切って、ばんばん杉を植えさせち人工林ば増やし、とにかく数多く植えち、間伐は必要でないちゅう時代もあったけんね。林業に対する国策も、めちゃくちゃやったもんな」

吉原さんが嘆いた。

「ああ、それからですね。今度かなり本数を伐り出さねばなりませんし、それも五十年以上経った大きな樹です。間伐されたと言っても立派なものですから、切り捨てにはしません。市場に出せば、かなりの価格になります。それで今回、将来のためにも山林の中に林道を造ります。そのためにも、かなりの数を伐ることになります。それで出来上がったら、別物の山のように変わり、伐り過ぎたと失望される人もありますが、この際、銘木になるまで手入れが要らないぐらい、徹底したいと思いますので、ご了解下さい」

青年はこれが一番大事なこと、というように私に念を押した。

〝間伐は他人に任せよ〟と教えてくれた吉原さんの言葉を思い出し、思い切りやって下さい、全てをお任せします、と私は答えた。

吉原さんはニコニコ笑っていた。

まだ日が高かったので、私たちは再び山に入った。吉原さんと職員二人は、先ず切り倒す不良木に赤いテープを巻きつけて回った。

夕方、A町のT温泉に行った。

山から、車で十分ぐらいである。

戦後も二十年間ぐらいまでは、山へは歩いて行くしかなかった。今は車で簡単に行ける。T温泉は終戦の年の六月に、私たち一家がF市から疎開してきた所で、その後、私は中学を終わるまで住むことになる。疎開して三日目に、F市で父が薬局をしていた建物は、空襲で跡形もなく燃えた。私は六歳で、国民学校一年生であった。F市の記憶は花電車、防空壕、冬の畑で肥溜めに落ち込んだことだった。

戦争末期、T温泉の旅館は傷病兵の療養所になっていた。毎朝夕、ラッパが鳴って白い衣服の傷病兵が川沿いの旅館街の前にずらりと並び、点呼を受けていた。戦後のT温泉は湯治客、朝鮮戦争の頃からは団体の慰安旅行客で沸き返った。

川の両岸に木造旅館がずらりと並んでいる。二、三の旅館が鉄筋コンクリート建てになったが、殆どの宿が昭和初期の面影を残す貴重なものになっている。

私たち四人は露天風呂に入った。

見える山々は全て杉山で、頂上までびっしり植えられ、断崖絶壁の果てまで続いている。岩が杉の間から、ちらっと覗《のぞ》いている。

「それにしても、杉が植えられていますね」

私は、今更ながら驚いて言った。

「わしは戦争から帰ってきち、仕事もないもんやから、植林の仕事ば加勢した。そりゃ、自然林ば伐っちゃ、杉ば植えたもんじゃ。谷間でん窪地でん、急斜面でん、頂上を越えち向けぇ側まで植えに植えた。戦前からあった杉は伐り出し、そしてすぐまた植えるんじゃ。なんせ地味《ちみ》がいいき、よう育つんや」

皆、吉原さんの口調に笑い出した。

風呂から上がって、夕食になった。

落鮎の塩焼き、鯉の洗《あら》い、鯉濃《こいこく》と懐かしい品々である。

これから遣り甲斐のある仕事を前にしてのことで、話も弾む。

「A町では何年ぐらい前から、計画的に杉の植林が行われ出したのですかね」

私は疑問に思っていることを職員に尋ねた。

「天然記念物になっているような、五百年ぐらいの杉の巨木はありますが、植林したものとして残っているのは、樹齢二百五十年ぐらいのようですね」

「二百五十年前と言えば一七五〇年頃ですか。江戸時代の中期ですね。自然発生的に、この地が杉の植林に向いているのが分かって、始めたのか。あの頃は肥後藩の治世だったから、肥後藩の奨励で始まったのかな」

「この地の者が他所に行って、この地が杉によいと知って植え出したのかも知れません。他所の者がこの地を通りかかり、土壌や土地柄を見て、杉の植林を勧めたのかも知れませんね。ただ先見の明があって、なお根気強い粘りのある人でないと出来ませんね。米とか麦とか野菜であれば、一年経てば収穫して、すぐ効果というか利益にあずかりますが、杉でも檜でも、役に立つには少なくとも三、四十年かかる、気の長い仕事ですからね」

「そうや、あん頃は人生五十年の時代だったき、自分じ植えた木を金に替えるちゅうことは殆ど出来んやったろうき、子孫んために植えるちゅうことになるわなあ。欲ばりで利己的ん凡人にゃ、出来んこつやな」

と吉原さんが笑いながら言った。

「何十町歩かの山林を持っていて、植えては伐り、伐っては植える状態になれば、巧く行くようになるのでしょうけどね」

私は考え込みながら続けた。

「それであれば、江戸時代に植えた杉がよく育つことを知ってきて、明治維新になり、藩制の壁が壊れ、流通もよくなりはじめて、爆発的に植林の機運が高まったのでしょうね」

「わしもそう思う。この田畑のねえ山ん中で、金持分限者と、貧乏人を分《わ》けたんは、山持ちであるかどうかだもんね。山野を開墾ばしてどれだけ杉ば植えたかによると思う。苗ば育て、山ば使わねばならんき、ある程度資金はいったろうが、山地そのものは只《ただ》みたいだったやろうし、植林ば奨励して、国が安う払い下げしたかん知れん。登りもしきらんような急勾配の山の雑木ば切って、杉を植えるのやから、身を粉にして植えに植えち、財をなしたもんもいたろうきね。やる気のある奴は、それでのし上がったろうきね。それにしちも、一世代では出来んことは、確かやね。酒、女、博打で山をとられたもんもおったろうし、だましち山を取り上げたもんもいたろう。それにしてん、よう植えちゃある。戦後に、またうんと植えたもんね」

吉原さんが自分に言い聞かすように言った。

職員が帰ったあと、吉原さんと私はもう一度風呂に入り、飲み直すことにした。月光のもとの杉山は、青く光って見える。吉原さんは酒が強かった。

「職員の人から聞いたのですが、私の山の杉の直径は二十六センチから三十二センチぐらいで高さは二十三メートルから二十六メートルぐらいだそうです。本当の樹齢は何年か、吉原さんはご存じですか」

「克利さんは知らんやったな。知っちょるとばかり思っちょった。あれは昭和二十四年に当時五十年生の立派な杉山ば伐り出し、そん後にすぐに植林した。ところが、そん人が事業に失敗ばしち、何もかも売らないかんごつなった。それじ、私の世話じ昭和二十七年に幸利さんが三年生の幼なか杉山ば買ったんですわ。二十八年の大洪水の前の年じゃったけん、よう覚えちょる。平坦な山でしたけん、とてもきれいな杉山じゃった。その時には山道の脇に石垣ばつけた、ちゃんとした田んぼがあった。食糧難の時代でしたけん、あん山の中で、米ば作っとった。二十七年ぐらいにゃ、食糧難も随分よくなっちきた。幸利さんは田んぼは作りきらんので、その田んぼに杉ば植えた。ほんの何畝もなかったんやけどね。わしはそこで炭焼きばしちょった。椎茸を作り出したんは、あの山が成長しちからで、わしも幸利さんと一緒に、その時一反ほど買わしちもろうた。生れち初めち、自分の山ば持てち嬉しかった。幸利さんのお陰じ山ば買えたんですわ。幸利さんの山は二町歩あるんじゃ。わしのは一反しかねえ。一反だけ売っちくれる訳がねえき、幸利さんに便乗させち貰ったんですわ。幸利さんは全然嫌な顔しなかったんじゃ。それじ樹齢は五十三年ちゅうこつになる。克利さんは親父さんに連れられち、よう山に来ていたんやけど、覚えとらんね。兄弟では、あんただけじゃったもんね。山じ見たんわ」

私は考えたが、どうも思い出せない。まだ小学生であったし、山に登るのはきつかったので、良い思い出ではなかったのだろう。田んぼに杉を植えるというので、子供心ながら、勿体無いと思ったのは、かすかに覚えているようにもある。

「間伐の費用は、どのくらいかかるものでしょうね」

私は不安に思っていたことを尋ねた。

「昼間、克利さんが来る前に、職員と話しとったんじゃが、二町歩で現在三千本ぐらいの立木がある。これは克利さんが、親父さんから譲り受けた時に間伐をし、十数年前にも間伐したけん、あれくらい良い木になっちょる。五十年経っちょるから、堂々たるもんじゃが、なにせ手入れと間伐ば怠っとるけん、半分ちかくは売り物にはならんじゃろう、というこつ。森林組合としちゃ三千本ば千本にしたいらしい。そうすりゃ今の三分の一ちゅうこつになる。売り物になる木の千五百本の中から、さらに五百本ば伐る。その中にゃ素晴らしか良か木があっち、所有者から見っと、伐るのに耐えれんもんもある。ばってん残りば銘木にするにゃ、やむを得ん。かなり良い立木ば売るこつによっち、今度の間伐は収支とんとんか、少しゃ黒字になるのじゃなかろうかちいうことだった。克利さん、まあ、なんとか間伐代は出せち、少しゃ残るじゃろう、ちゅうことですたい。それじ、我慢しち下さらんか。職員も、そのこつを克利さんに言いにくがっとった。材木の価格は低迷。伐採、搬出の人件費は高いき、腹も立ちまっしょうが、なんとか、それで我慢してつかあさい。間伐すれば、お父さんの幸利さんがさぞ喜ぶでっしょう」

吉原さんは涙ぐんでいた。

私と吉原さんは床を並べて寝た。

吉原さんはすぐに鼾をかいて寝入った。私はなかなか眠れなかった。

風呂に降りていった。月は山陰に移っていた。先程まで月光で青白く光っていた山は、黒褐色に沈んでいる。川沿いの両側に並ぶ旅館街、その背後の杉山は静まり返って、灯も殆どない。朝十時に陽が登り、午後三時には沈む。山また山の中の温泉街。子供の頃の私は、小さな長方形の空が、世界中、どこでもみな同じと思っていた。

あれは、私が何歳の頃であったのだろう。戦後何年か経っていたと思う。小学生の頃であることは間違いない。

ある冬の夕方だったと思う。父が外から帰ってきて、夕方の薄明かりの残る神棚に三センチぐらいの札束を供え、母と並んで立ち柏手を打った。その後、父は母に向かって『郷里に持っていた山を処分してきた。もうこれ以上は何もない。この金を元手に山林売買をして生活しようと思っている。お前もしっかり加勢してくれ』と言い、母は頷いた。札束が百円札であったのか、千円であったのかはっきりしない。恐らく百円であったのであろう。とにかく当時では大金であったのには間違いない。私は大金に驚いたし、幸せな気分になったのを覚えている。

部屋に戻ると、吉原さんは鼾も止まっていた。いよいよ睡魔に襲われるなかで、私はある光景を思いだしていた。長兄が町の子供たちに囲まれて、石を投げられたり、棒でなぐられたりして苛《いじ》められている。兄の顔から血が流れている。

「この他所者《よそもん》、都会者《とかいもん》、さっさと出ていけ」

子供たちは罵声《ばせい》を浴びせる。

私は木の陰に隠れて、震えて見ている。

そこに馬車に乗った吉原さんが通りかかった。吉原さんは馬車から降りて、子供たちの輪の中に入り、長兄をかばう。吉原さんは、長兄より十歳ぐらい上であった。

「なんばお前たちは言っち、この子ば苛めとるんか。この子だっち好きこのんじ、こげな田舎に来たんじゃなか。日本が戦争に敗けち、アメリカの爆撃で家もなんもかも焼かれち、逃げち来たんじゃ。可哀そうな人なんじゃ。誰のせいでんなか。戦争ばしかけた、日本のせいじゃ。皆な同じ日本人じゃなかか。他所《よそ》から来た人ば、助けちやらにゃどうする。今度、こぎゃんこつばしたら、俺が許さんきね」

吉原さんは子供たちを怒鳴り付けた。

子供たちは逃げていった。

それから兄は苛められることはなくなったようであった。

吉原さんに、そのお礼を言わねばと、私は起き上がって声を掛けようとしたが体が動かず、深い眠りに陥っていった。

四

数日おいて間伐が始まった。

私は仕事に追われて現場には行かれない。だが、残りの二つの山も山林組合に頼んで間伐を始めて貰った。

Ａ町の森林組合の若者を知ってからは、信用できると思ったからである。田中さんに立ち会って貰った。

間伐を始めてから、昔のことを時々突然思い出すことがある。

筏に組まれた丸太が、川を流されていく。発電所のトンネル水路を利用して、洪水の時期など、山の上の貯水池からじゃんじゃか丸太を落下させていたのである。丸太が絡みあい、恐いような音を響かせる。

それは毎日毎日、丸太が川を埋め尽くしていた。大量の丸太は何のためにどこに送られているのか、不思議に思った。木材運搬にはまだ陸路より水路の方が安い時代だったのだろう。

平成七、八年頃に聞いた話だった、と思う。昭和五十年代、まだ木材価格が比較的高値であった時期である。この地方の杉の美林に惚れこみ、また値上がりを見込んだ都会の不動産屋が、儲けの全てと財産を、山の購入に注ぎ込んだ。噂ではその額は五億円に達したという。ひと昔、かなりの山持ちであれば、ひと雨降れば、一日に十万円は樹が太ると喧伝されていた。

不動産屋は十年後には樹木の成長、木材の値上がり、物価の自然上昇で、五億円は倍の十億円になると広言していたという。しかし、材価は下がるばかりで、ついには手入れも思うように出来なくなった。現在では一ないし二億円の価値しかなくなり、倒産したらしい。山林にバブルの影響があったのだろうか。土地、建物、ゴルフ場、美術品は投機の対象となったようだが、山林のことはあまり聞かなかったように思う。

間伐に興味を持ってから、山林のことが気になり出した。車で走っている時も、つい路傍の山林に目がゆく。殆どが杉山だ。たまたま良い山が目に入ると、車を停めて見入ることもある。

山林の中は大概の山が真っ暗闇で、目を凝らして見ると、荒れていて、杉の木はもやしのように細く、密植されている。除伐も、間伐もされていないように見える。

山が荒れているとはよく聞くが、目の当たりにすると恐さが分かる。

ひょっこり、『お山の杉の子』という童謡を思い出した。

〽……まるまる坊主の　禿山は　いつでもみんなの　笑いもの　「これこれ杉の子　起きなさい」　お陽さまニコニコ　声かけた　声かけた〜。

子供の頃、何気なく歌っていたが、間伐のことを考えるようになって、あの歌は、ひょっとしたら植林を推奨する歌ではないかと思った。

歌を最後まで歌った記憶がない。本屋で童謡集を買ってきた。

歌詞は一番から六番まである。

四番に、『……むかしむかしの　禿山は　いまでは立派な　杉山だ　誰でも感心するような　強く　大きく　逞しく　椎の木見おろす　大杉だ　大杉だ』

五番は、『大きな杉は　何になる　お舟の帆柱　梯子段　とんとん大工さん　たてる家　たてる家　本箱　お机　下駄　足駄　おいしいお弁当　食べる箸……』

まさに植林推奨の歌であった。

昭和十九年に出来て、戦後改作とある。戦意高揚の歌で、船や兵舎に材木は必要で、伐採につぐ伐採で、禿山になった国土に植林を奨めたのであろう。原詞はもっと激しいものだったのではなかったか。

山林も、時代の変遷を見てきたのだ。

間伐を始めて、二週間目に山へ行った。車で登って広い道端に停めると、すぐに杉山の中へ降りて行く広い立派な道が出来ていた。これは、私の山の間伐材を搬出するために設けたのであろう。

私は小、中学校時代、四キロの道を歩いて学校に通った。その途中からこの山までは三キロの急峻な山道を登らねばならなかった。人馬が登るのがやっとの山道であった。この山の集落からも沢山の学童が通っていたが、大変きつい道であった。だが、今はどうだ、車なら五分で着く。こんなことが、戦後のあの窮乏時代に誰が想像できただろうか。

山に着くと、ブルドーザーや小型搬出機械が持ち込まれている。遠くからチェーンソーの金属音が聞こえる。

杉に赤、黄色のテープが巻いてある。

吉原さんがブルドーザーの傍に立っていて、私を見つけて手を挙げた。

「今、赤いテープば巻いちょる不良材ば伐採しながら、搬出道路ば造っとるところじゃ。長い間手入ればしとらんけん、不良材が多くて驚いとる。不良材の搬出が終わったら、保残木のマークばして、間伐ばやっていくことになっとる。わしは田舎者じゃけん、遠くの秋田杉も吉野杉も見たこつぁあねぇけど、北山杉と飫肥《おび》杉は見たこつがある。両極端やった。北山杉は磨き丸太材じゃけんスマート、飫肥杉はがっちりした太い杉やった。同じ杉でん、育て方によっちゃ、あんなに違うのか、と驚いた。こん山は立派に育てないかん。わしの戦後の生活、そのものやけんね」

吉原さんと私は山小屋へ降りて行った。

焚き火が気持ちの良い季節になっていた。下から見上げると、杉山の中に黄色の背の高いクレーン車が二台運び込まれているのが見える。

私はこの前の夜、長兄が吉原さんに助けられ、疎開先の苦しさから立ち直ったことのお礼を言いそびれたことを、お詫びした。

「えー、そんなこつがあったかね。もう忘れちょった。あん頃、わしは、戦争から一人生き残って帰っちきた。生きているんが辛くて、恥ずかしかった。酒飲んで、よう暴れよった。土方も樵の植林も、炭焼きもした。そん時に幸利さんと一緒に一反の杉山を買うちから、生きる希望が出ちきた。幸利さんの前の持主が、山ば伐採しち、新しく植林ばすっとき、わしが一人じ請け負うち、全山わし一人じ、植林した。二町歩に六千本植えた。それじ、こん山には思い入れが深いんじゃ」

「そうでしたか。ずっとこの山を温かく見守って来てくれたのですね」

「二町歩に六千本植えたのが、今度の間伐で千本になる。いろんな思いはありますばい。木が太ってからは、木陰を頂戴しち、椎茸ば作っち、生計ば立てちきた。有り難いこってす。一生、この山を出ずに生きてきた」

夕方になったので、森林組合の職員が戻って来た。

「一本で一立米《りゅうべい》ある木があるかね」

吉原さんが聞いた。

「樹齢は五十年を越しています。しかし、この十数年の一番大事な時期に間伐をしていませんので、高さは結構ありますが、太さが少し足りないようです。今日までのは不良木が主ですから一本で半立米もありません。残す木には一立米越すのが何百本もありますよ」

「そうですか。杉一本で一立米あるというのは、どのくらいの大きさですか」

全く素人の私は、恥を忍んで尋ねた。

「直径と高さによりますが、私が記憶しているのは直径三十四センチで樹高二十四メートル、直径三十六センチで二十二メートル、直径三十八センチで、二十メートルが必要です。一本で二立米ある木は、直径五十センチで二十五メートル、五十二センチで、二十三メートル必要です」

さすが職員、瞬時に答えた。

「へえ、そうかい。幹が太らんば、いけんね。直径で三十五センチは越えんとね……」

吉原さんが、嘆息を漏らした。

「でも、今度思い切り間伐すれば、太陽が射し込み、地が肥え、樹冠がしっかりしてきますから、あと二十年もすれば、一本平均でも二立米の立派な山になりますよ」

「二十年ね、わしも克利さんも、もういい歳じゃけん、杉の雄姿は見れんじゃろね。人間でん、わが孫の、もし立派になったらのこつばってんが、その姿を見れんのと、同じようなもんじゃね」

吉原さんが笑った。私も身につまされた。

「ところで、杉は今、一立米いくらぐらいすっとな」

「材質にもよりますが一万七、八千円です」

「へえー、三十年前と同じじゃなかな」

「昭和五十年代に一時四万円ぐらいになりましたが、今のところじり貧ですね。この前の森林組合の総会でも、三十年前と値が変わらないのは、卵、牛乳と材木という話が出ていました」

「そうか、値が下がれば、山が荒るる。山が泣けば、川が泣く、そして海が泣く。そして人間が泣く。何んとか、ならんのかえ」

吉原さんが若者の顔を覗き込んだ。

「今が、どん底です。今、しっかり手入れをしておけば、将来必ずよくなります。外材輸入も、そのうち限界にきます。とにかく、いい樹木を育てることです」

若者が力説した。

「来週からいよいよ、黄色のテープを巻いてある保残木を残しての、本格的な間伐になります。黄色いテープを巻いた保残木が八百本あります。その他に残したい木が二百本ぐらいありますから、千本は残せると思います。二町歩ありますから一町歩、つまり一ヘクタールあたり五百本に絞り込みますので、銘木造りには理想的な数になります。伐って四メートルの丸太にして出しますから、全部きれいに搬出するには、二週間かかります。その後、境界の木に目印を入れますので、出来上がりは十二月下旬、正月前になります」

「克利さん、これから、こん山は、大混雑ですばい。足の踏み場もなくなりまっしょ。大きな樹ば、ばんばん伐りますけん、あんたは見きらんじゃろ。間伐は他人に任せろ、ですたい。私が連絡するまで、見にこんほうがよかろう」

私も吉原さんの忠告に従うことにした。

残りのN村の山もK村の山も二週間遅れで間伐を始めていた。

N村の山葵を作っている田中さんから、『林道がしっかり出来ていましたけん、出しよく、山の上の方の伐採木は、ロープウエーで降ろしていますけん、魂《たま》がるごつ早よう仕事は進んどります。伐採のあと地に、早速山葵の種ば蒔きました。ちょっと伐り過ぎるぐらいに見えますすばってん、将来のこと考えりゃ、こんくらい伐っとった方がよかでしょう。あんまり大きな木は少なかけん、伐代、搬出代を引かれたら、間伐奨励金を貰ってもとんとんぐらいじゃろと、森林組合の職員は言っとりました。何せ、今材木が馬鹿んごつ安かですもんなー。出来上がったらまた知らせます』と電話があった。

もう、山葵の種を蒔いたと聞いて、私は苦笑した。

もうひとつのK村の山は、森林組合員から、

『林道がなくて搬出が困難で、搬出費が出ないので、時代劇ではありませんが、斬捨てにすることにしました。三分の一ぐらい伐ったら樹間が丁度よくなって、とても良い山になりました。藪潜《やぶくぐり》という杉の種類で、木の質がとてもよくて、あと十年して、もう一度間伐したら凄く良い山になります。伐り捨てたのは腐って肥料になり、足場もよくなります。山の頂上に百本ぐらい素晴らしい檜がありますこれは、今の時点でも、立派なものです。山頂の方の境界がはっきりしない所がありますので、よく調べて二百本ぐらいに目印の名前を入れます。出来上がったら、お知

らせします。間伐材が搬出できずに売れませんが、間伐奨励金がありますので、少しの負担で済むと思います』と手紙がきた。

三日後に来て下さい、と吉原さんから電話があった。その日は暮れの二十八日になる。

その前の日に、三人の娘が東京、神奈川、F市から帰省してきた。長女には五歳と三歳の孫もいる。

間伐のことを話した。案の定、あまり興味を示さなかった。が、間伐の意味や樹齢五十年の杉の素晴らしさ、この間伐で山林は物凄く変容していること、どうせ、お前たちの山になるのだから、一度見ておかないと損だよ、と実利的な話をすると、それじゃ、しぶしぶ、親孝行と思って行ってやるかということになった。

私は苦笑した。自分の若い頃も同じようだったと思い出した。

山林関係のことで、今でもかなり鮮明に思い出に残っていることがある。

私が中学一年生の頃だったと思う。T温泉にあった小学校は分校で五年生まで。六年生になると一里ほど川を登った本校に行かねばならず、同じ場所に中学校もあった。

冬の寒い日、私は父に連れられて小一里程歩き、それからかなり急勾配の山林を見に行き、帰りにその山裾にある家に寄った。そこで山の売買交渉がはじまった。その家に、本校に行き出して知り合った同級生がいた。なかなか値段が折り合わないようで、私と友だちは、親たちと同じ炬燵に入っていた。話がまとまりそうにもなくなった時、世話人が、この仲良く遊んでいる子供たちに免じて成立させようと提言してからは、ばたばた話が決まった。その時私は、何か恥ずかしいような思いをしたのを覚えている。こんな話をしても、今の子供には通じないと思った。

明くる日、長女の夫も同行してくれるというので、二台の車で登った。途中の道を見て三人の娘は、山に行ったことがあったのを思い出した。私は覚えていなかった。私の方がボケてきたのだろうか。妻とは、父から譲り受けてから何度か訪れていた。

しかし、途中の山中の道が素晴らしくよくなっているのには、皆驚いた。

十二月末にしては暖かく風も穏やかで、まさに小春日和である。

目印にしてある吉原さんの山小屋への降り口に車を止めた。二十メートルぐらい道を降りた。間伐のあと道もきれいに整備されていた。

眼前に広がった光景に、私は道を間違えたかと思った。二週間前見たのとは全く違う景観と山容である。

あの暗々とした山林はなくなって、疎らになった背の高い杉の林が、背後に青空を透かして見える。樹冠と樹冠の間から木洩れ日が、杉林の地面を斑模様となって美しく照らしている。それが、少しの風でガラス玉のように光って転がる。

私は立ち止まって見回した。手前の吉原さんの椎茸栽培の榾木を見て、その向こうにある山林が間違いなく、私の山が変容したものと分かった。

充分すぎる程の樹間をとって間伐されている。保残木はさすがに立派な樹が残してある。樹木が大幅に減ったので、遠くまでが透けて見える。山林の中には、うねった大きな林道が造られ、とても動きやすい。

杉の木は高い立派なものばかりが残っているので、見上げるには、顎を思いっ切り上げ、さらに胸を反《そ》らさねばならない。

一家で、その姿勢をとって暫く天空を見上げた。それぞれの樹冠の間が広々と開いており、そこに杉枝がきれいな葉形を浮かびあがらせ、それに背後が透き通る青空であるから、とても美しく気持ちよい。小鳥が飛来して鳴き声をあげ枝から枝を渡り、また遠くに飛翔していく。

ただただ、私たちは、背後から遠くへ続く清爽な山林を見回して溜息をつく。心が晴ればれとなる。山気を思い切り吸う。

気持ちがいいね、前と全く違うみたい、と娘たちは声をあげる。孫たちが飛び跳ねている。クリスマス・ツリーのイルミネーションの林の中を歩くのより、桜並木を歩くのより、もっとシンプルで、本当に自然の中を歩くという感激が湧いてくる。自然に皆で、万歳の声をあげる。その声に山頂の境界に立っている吉原さんと二人の職員が、声をあげて手を振った。

私たちも、一斉に返した。

鳥の宿

町のほぼ中央、駅の近くにある旅籠《はたご》〝若葉屋旅館〟のちょっとした裏庭に、早朝から小鳥たちの鳴き声が喧《かまびす》しい。

チッチチッチチッチ、ピッピピッピピー、キッキキッキキー。

「まあ、びっくりして起きてきてみれば小鳥たちじゃないか。ねずみ花火か、仕掛け花火が始まったかと思ったよ。せっかくぐっすり寝込んでいたのに、もう！今日は徳さんが帰って来るので、睡眠をしっかりとって化粧乗りをよくしようと思っていたのに、罪なものだよ、この小鳥たちは！」

ツヤはガラス戸を開けて、シッ、シッと小鳥たちを追い払おうとした。だが、ツヤの声に逃げるどころか、お構いなくさらに一斉に大きな声で鳴き出した。冷たいツヤに抗議しているようにも聞こえた。

敷石を伝って庭に出ると、ツヤはさらに大きな声で小鳥たちを追い払った。庭の松、楠、欅、楓、椎、もちの木、槙などの大きな木々と、隣家との境に植えられている棒樫から一斉に飛び立った。それは沢山の小鳥で大きな塊がツヤの方へ襲って来るようで、ツヤは思わずよろけて地面に尻もちをついた。小鳥たちはザッザッザーという羽音を立てると鳴き声もあげず、中空を近くの森の方へ消えていった。

「まあ、ツヤさん危ないわよ。小鳥など放っておけばよいのに。腰でも痛めたら大変よ」と若葉屋旅館の女将の鈴乃が、騒ぎに驚いて帳場の窓から顔を出し、笑いながら声をかけた。

「だって女将さん、腹が立つじゃありませんか。いい気持ちで眠っている朝っぱらからチィーチィー、キィーキィー、パーパーとうるさいこと。私に恨みでもあるのかしら。小鳥たちは何と言って朝から騒いでいるのでしょうね」

ツヤは帳場に入ってくると、忌《い》まいましげに言った。

「小鳥たちは、きっと喜んでいるのですよ。だって、あんなに声をそろえて皆で一斉に鳴いているのだから。嫌だったら、この庭に寄り付かないだろうし、良い場所を見つけた、と声を合わせて合唱しているのではないですか」

鈴乃はツヤを慰めるように、お茶を入れてやりながら宥《なだ》めた。

「そりゃ女将さんは立派な方だし、庭は町中には珍しいぐらい木も多いし、小鳥たちにはこの上ない楽園に見えて嬉しいことでしょうよ。小鳥たちも二、三羽きて静かにピーチク、パーチク囀くのならまだ可愛げもあるのに。今朝の小鳥たちは、デモか集団殴り込みですよ。霞網《かすみあみ》をかけて一網打尽に捕ってしまいましょうよ」

ツヤは腹を立てた時の癖で早口でまくしたてた。

「まあ、まあ、今日は徳さんが帰って来る日だから機嫌を直して、腕によりをかけて料理を作ってあげなけりゃ」

「そうそう、徳さんに霞網をかけて貰って、小鳥たちを捕まえて焼き鳥にして食べましょうや。昔、徳さんがよく雀を捕ってきてくれたじゃないですか」

「まだ食糧難の時代だったから、あれは助かったたね。毎週リュックサック一杯の雀を持ってきてくれたわね。食べきれずに佃煮にして他の客にも出したりして喜ばれたね。でも今は霞網も禁止になったし、雀など食べる人はいないわよ」

「それにしても徳さんは昔と全然変わらない人だね。無口で、何時もにこにこしていて、怒った顔や淋しい顔を見たことないものね。ああいう人を仏様というのだろうね。それにしては、雀捕りや魚捕りは上手で、殺生《せっしょう》は結構していたから仏様じゃない、か」

ツヤの言葉を聞いて鈴乃は笑い出した。

「徳さんも大変だ、朝から仏さんになったり、殺生になったり、それはよいけど軍《ぐん》さんと満州《ます》さんにも、今夜必ず来るようにもう一度電話をしていてね。三人顔を合わせるのは久しぶりだものね。昔の仲間もどんどん減って淋しいね。軍さんはこの前、町立病院を退院したばかりだというのに、近ぢか大阪の老健施設に入所するらしい。満州さんは名古屋の娘さんの所に引き取られていくようだから、今夜がお別れ会になるかも知れないからね」

鈴乃は真顔になってツヤに念を押した。

徳さんは、杉村徳蔵が本名であるが、若葉屋では〝徳さん〟と呼ばれている。今から三十五年前に、当時若葉屋の仲居をしていた槙枝に連れられて深夜、若葉屋に現れた。連れられてというより、泥酔した槙枝を背負って来てくれたのだった。数年後に徳さんは、槙枝と結婚することになる。徳さんは、ダム工事に来ていて、新任の現場監督の歓迎会にこの町に下って来て、居酒屋でたまたま槙枝の横に座ることになって、大酒飲みの槙枝の面倒を見ざるをえなくなったのであった。当時、槙枝とツヤは一緒に働いていた。

徳さんは酒を一滴も飲まないし、煙草も吸わない。

その夜が縁となって、徳さんは毎週休みの前夜に工事飯場を出て若葉屋に一泊するようになった。最初のうちは山奥のダム工事が続いていたが、段々この町に現場が近づき、この数年、徳さんも年をとったせいもあったが、山奥の大きな仕事もなくなり、この町を越して川下の大きな都市に仕事場が移っていった。だが、徳さんのこの習慣は変わらなかった。

毎週、週末にやって来て酒も飲まずに静かに一夜を過ごすと、仕事場に帰っていく。

若葉屋旅館は昔で言う商人宿、今のビジネスホテルである。観光旅館ではないので週末は客が少なく、その点、徳さんにも若葉屋にも好都合であった。この町の川筋には温泉も出て、それに遊船、鵜飼い船なども出るので週末は観光客で賑わうのであるが、若葉屋は女将の方針もあって昔ながらの商人宿に徹していた。

徳さんが若葉屋に初めて来たのは三十歳だったが、今は六十五歳になっていた。

今夜集まることになっている軍さんと満州さんは、徳さんの昔の仕事仲間であったが、徳さんより三、四歳年上である。

軍さんは林軍人《ぐんと》、満州さんは小野川満州男《ますお》、という名前であった。

三人とも、郷里はこの町から遠く離れた所であったが、仕事に来ていて、軍さんと満州さんは、この町の女性と結婚してこの地に住みついた。

徳さんは二人に数年遅れて、槙枝と結婚した。徳さん夫婦は仕事の都合で湯布院で世帯を持ったのだが、一年後に槙枝が露天風呂で急死してからは、再び仕事場から週末に若葉屋にやってくる生活に戻った。

「徳さんは淋しくないのかね。槙枝さんが亡くなってからでも二十年も経つのに、自分の家を持たずに、ずっと飯場で寝泊まりだものね。大概の人は、自分の部屋か家を持ちたくなるものなのにね、徳さんが仕事を選ぶ基準は、まず仕事場に住込みが出来ることだものね。それは本心なのかね」

女将の鈴乃は時々思い出したように、ツヤにそのことを尋ねた。

「女将さんはまた同じことを聞いて。徳さんはそういう根無し草の生活が好きなのよ。部屋や家を持てば、家財道具が要る。物を集め出すと欲が出る。家だってさらに大きなもの、贅沢なものを欲しくなるでしょう。そんな物欲といったものが嫌いなのよ」

「いくら根無し草が好きだからと言っても、限度があるわよ。あの人は忠実《まめ》な人だから一軒家を構えても、きれいにやれるだろうけどね」

「徳さんはまめだから、根無し草の生活が出来るのよ。大酒飲みだったり、女好きだったら、とてもあんなまめな生活は出来ないわ」

鈴乃とツヤの、徳さんに関する会話はいつもこんな風な決着をみる。


夕方六時半に着く汽車で、徳さんは帰って来る。

「只今」

徳さんは玄関を開けると、遠慮がちな小さな声で帰宅を知らせる。昔と全く変わりない。誰かが迎えに出ないと、上にあがろうとしない。留守と分かるともう一度戸外に出て、周りをぶらぶらして再び現れる。あまりに他人行儀、と鈴乃は不満に思うこともあったが、そういうけじめを守るのが、三十数年もの仲が続いている理由だろう、と思うようになった。

若葉屋は町中の小さな宿で、部屋数は五つしかないが、庭を見渡せる風呂場だけは立派なものである。壁、天井までも総檜造りで、広々としている。数年に一度は張り替えているので、香りがいつも新鮮で、明るく清潔である。

徳さんは小一時間かけてゆっくりと風呂に入る。天気のよい日は、何度か庭に出て体を冷し、入浴を繰り返す。一週間分の風呂を楽しんでいるようでもあった。庭に出て裸で体操を繰り返したり、小鳥に話しかけているところなどを見ると、小柄ではあったが、労働仕事で鍛えているだけにがっちりした体格をしていた。

秋の彼岸をちょっと過ぎた夕方は、まだ明るく、戸外も暑いくらいであった。徳さんは小鳥が好きである。若いころは霞網で雀を捕ったりしていたが、小鳥をこよなく愛していた。今日も風呂上がりに庭に出て小鳥を呼ぶような口笛を吹いている。すると、何処からともなく小さな灰色や茶色の塊が飛来してきて、庭の木々は小鳥たちで満杯になって、一大合唱となった。徳さんは気持ち良さそうにそれを聞いている。

「徳さん、早くあがって来なさいよ。うるさい小鳥の相手なんかしないで。軍さんも、満州さんも来て待っているんだから。本当に徳さんは、焦《じ》れったいんだから、もう！」

ツヤが忌まいましそうに小鳥を追っ払いながら強い声で徳さんを呼んだ。

「先に始めていたらよかったのに」

徳さんは湯上がりの赤い顔で部屋に入って来ると、先輩の軍さんと満州さんに済まなそうに挨拶をした。若葉屋の一番広い部屋で、ここからは庭が真正面に見える。今日は他に客はなかった。と言うより、客を入れなかった。

「早く飲みたがっていた飲助《のみすけ》の二人を、徳さんが来るまで何とか止めていたのに、この極楽とんぼさんが！」

ツヤが徳さんをにらんだ。一気に座が沸いて賑やかになった。

軍さんの音頭で乾杯した。徳さんだけはウーロン茶だ。

「久しぶりだね、この五人がそろったのは。軍さんは股関節骨折で半年間も入院していたし、満州さんは三ヵ月も名古屋の娘さんの所に身を寄せていたからね」

鈴乃は皆を見回しながら沁みじみと言った。

「元気なのは徳さんだけ。皆、年を取ってきたんだね。若い頃は皆、元気だったね。一週間の溜まったエネルギーを若葉屋で爆発させていたものね。徳さんは全然飲まなくても、終わりまで付き合って歌うわ踊るわでね。そして最後は結局徳さんが、酔い潰れた者の面倒をみてくれたのよね。だから徳さんは偉いけど、少し気持ち悪いところもある！」

ツヤが、まだあまり酔ってもいないのに、わざと酔ったふりして徳さんに絡《から》む真似をしたので、また笑いが続いた。

やっと日が沈み庭が薄暗くなって来たが、小鳥たちがまた集まって来たらしく、うるさい程であった。

「まだ渡り鳥のシーズンでもないし、山にも食べものは沢山あるのに、珍しいね」

と軍さんが立ち上がって庭のガラス戸を開けた。鳥の声は一段と激しくなった。

「雀やツバメ、メジロ、ムクドリなどいろいろいるようだね。それにしても、これは徳さんを歓迎して集まって来ているとしか考えられないね」

と小鳥に詳しい軍さんが言ってから、

「そうだ、この前、雛《ひな》を孵《かえ》したヒヨドリは、もう出ていったかな」

と、女将に尋ねた。

「ああ、あれはもう一ヵ月も前に、いつの間にかいなくなったわ。子供は二羽だったけど、野良猫が狙いはじめたので、早々に旅立ったみたい。徳さんがよく猫を追っ払ってやっていたわね」

鈴乃が徳さんに聞いた。

「まだ子供たちはあまり上手に飛べないようだったけど、出ていきましたね」

徳さんが頷きながら答えた。

「なんですって、この庭で鳥が雛を孵すんですって。あら、私は何も知らなかった。それ本当なの軍さん！」

ツヤが、ひとりで黙々と飲んでいる退院したばかりの軍さんに、助けを求めるように尋ねた。

「この庭では昔からよく小鳥が卵をあたためていたよね。わしと満州さんと徳さんで、巣のかかっている枝を切らないように、植木屋に何度か注文つけたことあったな。それで小鳥が飛び立ったあと、三人で残った枝を剪定《せんてい》したもんだよね。ツヤさんは知らなかったの。呑気だね、長生きするよ」

軍さんはツヤを揶揄して笑った。

「まあ、軍さんまで私を馬鹿にして。知らないうちに亭主が何年も前から浮気していたようなもんだ。小鳥の奴らめ、私に内緒で子供を産みやがって！」

ツヤは顔を赤くして本当に怒りだしたので、皆が笑い出した。すぐ本気になって怒るのがツヤの癖であった。

「ツヤさんは忙しい時にしか加勢に来ないから、分からないのよ」

と鈴乃が慰めた。

「それにしても私に断ってから産めばよいものを。若葉屋は鳥の宿だ。それなら、ここを定宿《じょうやど》にしている徳さんは、小鳥なんだ」

ツヤの理不尽な言葉と頓知の効いた可愛い表現に、皆どっと笑って宴会が一気に賑やかになっていった。

若葉屋には小鳥が集まり、よく雛を孵《かえ》す。毎年二、三組はある。ヒヨドリ、山鳩、カケス、ある夏にはサシバ（鸇）も孵ったことがあった。

夜寝床に入って鈴乃は、若葉屋を〝鳥の宿〟と言ったツヤの言葉を思い出していた。隣に酒に酔ったツヤが小さな鼾をかきながら、ぐっすり寝込んでいた。〝徳さんも小鳥だ〟というツヤの言葉に、徳さんは心から笑っていたように見えた。だが、徳さんの心の中は本当はどうだったか、と鈴乃は考えていた。

三十五年間も週末になると若葉屋に帰って来る。若葉屋の仲居をしていた槙枝と湯布院で所帯を持ったほんの一年間以外は、ずっとそうしている。徳さんは自分のことについて詳しいことは何もしゃべらなかった。両親も兄弟も親戚も戦災で失って、徳さんは天涯孤独の身としか聞いていていない。

鈴乃は満州から、この町に引き揚げて来た。伯父が大きな料亭をしていて、別邸が空いていたので、そこに留守番として夫と二人で住み込んだ。そして、化粧品や衣料品の行商で山奥の村々を回りながら十年以上こつこつと働いた。伯父の料亭が傾き別邸を手離さざるを得なくなった時、鈴乃は夫と相談して爪に火を灯すようにして貯めた金をはたいて別邸を買ったのであった。随分傷んでいたが愛着があり、鈴乃夫婦には子供もなかったので、この町で静かに一生を送ることを決心したのだった。

旅館をする積りはなかったのだが、夫に胃潰瘍の持病があり、行商が段々億劫になってくるし、行商仲間から頼まれて泊めてやり始めたのが切っ掛けであった。

徳さんとは、行商中に夫が胃痛で動けなくなって山中で臥せていたところを、ダム工事現場から帰りがけの徳さんに助けられたのが、最初の出会いであった。徳さんは、動けない夫を軽々と背負うと、飯場《はんば》近くの診療所まで四キロの道を運んでくれた。胃出血で危ないところを辛うじて助かった。

その一年あと、鈴乃たちは本格的に商人宿をはじめた。その頃、現場監督の歓迎会でこの町に来ていた徳さんは、たまたま隣合わせになった若葉屋の仲居の槙枝が泥酔して動けなくなったのを送って来て、偶然に鈴乃たちと再会したのであった。それから徳さんは週末には山から降りて来て若葉屋を定宿にするようになった。徳さんに連れられて軍さん、満州さんも泊まりに来るようになった。

鈴乃と夫は満州に渡って生活したことがあったので、満州生まれの満州男とも、軍人と名付けられた元軍国少年ともすぐ仲良くなった。

三人とも独身だった。若葉屋に泊まるようになってから鈴乃の紹介で、この町の女性と満州男、軍人は結婚した。徳さんだけは鈴乃が勧めても、なかなか結婚しようとしなかった。幼い頃家族を失った人は、家族の愛を求めて早く結婚する傾向が強いが、徳さんは家族を失った時の悲哀、恐怖、孤独を二度と味わいたくなくて、家族愛を故意に避けているのではないかと鈴乃は思った。徳さんは余程温かい幸せな家庭に育ったのではないかと密かに想像した。

その頃、若葉屋にはツヤと槙枝の二人が仲居で住み込んでいた。どちらも酒が強かったが、ツヤは明るい陽気な酒で、槙枝は暗い感じであった。酒を一滴も飲まない徳さんは、二人から絶大な信頼を寄せられていた。

徳さんは嫌味を言うでもなし、説教するでもなく、よく飲んべえの二人の愚痴や戯言《たわごと》を聞いてやっていた。鈴乃の方がはらはらするくらい、二人は徳さんを頼りというか、心の支えとしていた。

軍さんと満州さんが家庭を持って数年後のこと、筑後川上流のダム工事が終了して、徳さんは湯布院の近くの砂防工事に替わることになった。徳さんと槙枝がいつになく畏《かしこ》まって鈴乃を訪ねて来て、結婚することになったと言った。徳さんは一生結婚しないと鈴乃は思っていたし、もし二人のうちどちらかと結ばれるのなら、ツヤの方が徳さんには相性がよいと思っていた。徳さんと槙枝には、身内は誰もいなかったので、軍さん、満州さん、ツヤと鈴乃夫妻が集まって、固めの盃に立ち会い、皆で結婚を祝って飲んだ。その日夕方の汽車で、徳さんと槙枝は新所帯を持つ湯布院に旅立って行った。

その夜、ツヤは荒れに荒れた。事前に何事も知らされなかったこと、槙枝がツヤの心中を知っていながら、徳さんを奪ったと吠えた。

「徳さんは槙枝に騙《だま》されたのよ、いや脅迫されて無理に結婚させられたのよ。今に徳さんは槙枝に殺されるわ。湯治客しかいない、湯布院のような淋しい田舎温泉に引っ越して！」

一晩中叫び続けた。

徳さんは自分と同じ天涯孤独の槙枝の心に、どうしようもない淋しい翳《かげ》りを見て、いずれ槙枝は野垂《のた》れ死にをするであろうことを予想し、少しでも槙枝を守ってやろうとしたのではないか、と鈴乃は考えた。

ツヤの悲憤はそう長くは尾を引かなかった。手毬のような弾力性も兼ね備えており、表面上はもとの明るさに戻った。

噂では飯場暮らしの多い徳さんの留守の間、槙枝は居酒屋の加勢をしていて、毎晩のように酔い潰れているとのことであった。人のいいツヤはそんな槙枝を訪ねて慰めていた。一月下旬厳冬の夜遅く徳さんが飯場からアパートに帰ってみると、槙枝が居ないので近所の人と捜し回ると、村民共同の露天風呂で溺死していた。深酒のあとに風呂に入り、足を滑らせたらしかった。

途方に暮れた徳さんは、また若葉屋に戻って来た。槙枝と結婚する前と少しも変わっていなかったし、再び独身となって現れた徳さんを見るツヤの目も変わらないのを、鈴乃は不思議なものを見るような思いで見守っていた。

あれから二十年も経つのに、心の中は皆少しも変わっていないように見えたが、老いだけは迫っているのを鈴乃は感じながら、ツヤの寝息の中を次第に眠りに落ちていった。


ガラス戸を静かに開けて鳥を追うツヤの声で、鈴乃は目覚めた。

「あら、女将さんまだ寝ていなさいよ。客は徳さんだけなんだから。鳥の奴らまた団体で集まって来ているわ。ここは団体客は泊めないのに」

ツヤは朝から洒落を飛ばすと台所に行き、酔い覚めの水を美味しそうに飲んだ。

それからお茶を入れて鈴乃に持って来ると、

「珍しく徳さんが、咳をしているようだから見てきて上げよう」

と徳さんのお茶を持って二階へ上がっていき、すぐ降りて来た。

「女将さん大変！　徳さんが熱を出して肺炎でも起しているみたい」

「あの病気ひとつしたことない徳さんが、それはいけないね」
鈴乃も起き上がるとツヤと二階へ行った。

徳さんと付き合いはじめて、徳さんは体の不調を訴えたことがなかった。自分でもそれが自慢であるらしく、少々の熱なら地の上に寝て大地に熱を吸収させればすぐ治るし、腹具合の悪いときは一食抜けばよいと徳さんは言っていた。鈴乃の夫は特に胃腸が弱く、食べ物は無論、水まで選んで飲んでいたが、十年程前に胃腸とは関係のない肺癌で死んだ。家庭も寝ぐらもなくても健康な徳さんのことを、夫はいつも羨ましがっていた。

徳さんは赤い顔をして咳き込み、胸を痛がっていた。すぐにツヤが水枕を持ってきた。鈴乃が病院に行った方がよいと促すと、医者嫌いの徳さんだが、何も言わず頷いた。昨夜はあれだけ元気にしていたのに、余程悪いのだろうかと鈴乃は心配した。

病院にはツヤがついて行った。ツヤは嬉しそうに徳さんの背中を抱いていそいそと出掛けた。そんなツヤの姿を見て、鈴乃はツヤを不憫に思った。一時間もするとツヤが顔を引き攣《つ》らせて帰って来た。徳さんがひどい肺炎に罹り、肋膜に水まで溜まっていて、緊急入院になったという。数日前から相当な症状であった筈、と医者も看護婦も徳さんに何度も尋ねるが、昨夜までなんともなかったと徳さんは繰り返すし、ツヤも同調した。医者は首をかしげ、信じられないらしかった。

「女将さん、私は徳さんの奥さんと思われていて、奥さん、奥さんと医者も看護婦さんも呼ぶのよ。事情を説明するような状況でなかったので、そのままにしていたわ。徳さんも聞いていながら、ひと言も言わないのよ。でも、奥さんと呼ばれるのは気分良いものね。『お座敷小唄』の〝妻という字にゃ勝てやせぬ〟という歌詞じゃないけど、奥さんと呼ばれるのは、ぞくぞくする程嬉しいね。そうだ槙枝は、奥さんと呼ばれたくて徳さんと結婚したんだよ、きっと。いやいや、こんなこと言っている暇はないんだ。徳さんの下着と新しいパジャマを買っていかなきゃいけないのに」

ツヤは、とても六十過ぎとは思われない軽い足取りで、トントントンと二階に駆け上がっていった。

この町の隅々までツヤは自転車で回る。雨が降ろうが雪になろうが、風が吹こうが元気に走る。車社会になっても、この町では自転車はまだ重宝であった。

「二、三日うちにお見舞いに行くから、徳さんに頑張るように言っといて」

鈴乃の言葉を背に、ツヤは大きな荷物を自転車に積んで颯爽とペダルを踏んで出て行った。

数日後、鈴乃が徳さんの病室に入っていくと、徳さんは酸素マスクをはめて寝ていた。初秋の透明な明るい陽射しが、白いレースのカーテンの反射具合でか、青ざめて見えたので、病室が水の中のように思えた。それで、鈴乃は徳さんの顔色が蒼白に見えて驚いた。しかし、よく見ると、顔色もよく熱も下がっているようで、規則正しい軽い寝息が気分よさそうだった。徳さんは疲れていたんだ、と鈴乃は思った。町はずれの森の中の病院は静かで、小鳥の声が可愛かった。小川も流れている。

ツヤが洗濯物を抱えて戻ってきた。

「女将さん、徳さんあと一、二日遅れていたら命が危なかったんですってよ。日頃頑丈な人程こんなことがあるんですってよ。徳さんは、このところビルの突貫工事の夜間の仕事を続けていたらしいから無理していたのね。もう歳も六十五なんだから肉体労働は無理なのよ。警備員ぐらいの仕事に替わった方がいいよね。だけど、徳さんの歳になればいい仕事はないものね」

ツヤは、徳さんの顔を覗《のぞ》き込みながら言った。寝息は静かになっていたが、酸素マスクをはめ、目を閉じているので、徳さんが目を覚ましているのかどうか分からない。

「これを機にこの町に帰って来て、ゆっくりしたらいいのにね。もう、年金も貰えるでしょうからね」

鈴乃が点滴注射を受けている腕をそっと撫でて言った。

個室料は三千円とのことだった。部屋も広いし、ツヤが付添いに就くための小さいベッドを置く余裕があり、簡単な炊事も出来、トイレも付いていた。大学病院だと、この部屋ならば一万円以上はする、と鈴乃はこれまでの経験ですぐ分かり、田舎は安いものだと思った。

「検温の時間です」

あどけない顔をした看護婦が入って来た。胸の名札に看護婦・田中由香里と書かれてあった。

「杉村さん」と呼んで、徳さんの右腕を取って、揺すった。徳さんはなかなか目を覚まさなかったが、田中看護婦が執拗に繰り返していると、静かに目をあけ微笑んだ。行きかけた極楽浄土から戻って来たような、いい顔であった。

田中看護婦は徳さんの手首の脈を測り、検温し、右の人差し指の爪を洗濯ばさみみたいなもので挟んで血液の中の酸素の量を測り、痰の排出量、排尿、排便を聞くと出ていった。

顔は子供のようだけれど、職務はしっかりしていた。

徳さんは鈴乃の顔を見ると、嬉しそうに寝たままで感謝の気持ちを表わした。

「徳さん、頑張るのよ。熱も下がってきているから、もう少しの辛抱。あなたは働き過ぎたのよ。ここいらで少しゆっくりして体を休めないとね」

鈴乃が見舞うと、徳さんは分かりましたと言うように顔で頷き再び目を閉じた。すぐに寝息が伝わってきた。

「徳さん、ここでも仏の徳さんと言われているのよ。さすが人を見る目の厳しい看護婦の中でも、徳さんは仏さんのようだとすぐ分かったんだろうね」

病院で仏の徳さんとニックネームがついているのを、ツヤは鈴乃に伝えた。

「人柄はすぐ分かるのよ。三日しか経っていないのに、徳さんは無口で、心の温かさが顔に出ているものね。思わず仏さまと感じるのよ。それは良いことだけど、私から見れば、それは徳さんの淋しいところなんだよね。六十五歳にもなって夜間の厳しい労働。徳さんは人が良いから、人の言うままに一番辛い仕事をいつも引き受けているのよね。もうぼつぼつ仕事も易しいのに替えないとね」

鈴乃は相槌を打ちながらも、溜め息をついた。

「女将さん、徳さんたら、本当に鳥に縁があるのよ。窓の外のすぐそこに大きなもちの木が見えるでしょう。その中にサシバという五十センチもある鳥が巣を作って一ヵ月前に卵を孵化《ふか》したんだって。私はまだ子鳥を見ていないのだけど、三羽いるそうよ。親鳥が懸命に餌を運んでいるんだって。徳さんの行く所には鳥がついて回るのね。この病院にはヒヨドリやヤマドリ（鶡）はよく巣を作るらしいけど、サシバは数年ぶりだって。徳さん、高熱と呼吸困難の時でも看護婦さんの話す鳥のことを聞いて、嬉しそうにしていた。若葉屋にも十年前にサシバが巣を作ったんだって。そう徳さんが、きつそうにしながらも私に言ったのよ」

「そういえば、そんなこともあったわね。徳さんがえらい喜んでね。サシバが巣を作ったと言って、それは大切にしていたね。私はあまり鳥に興味ないけど、随分大きな鳥で口ばしが精悍で恐かったと思うよ。確か鷹の一種よね。とにかく徳さんは、鳥が好きなのね。自分自身が渡り鳥みたいな生活をしているからね。ところで徳さんは本当に大丈夫なんだろうね。先生に直接、訪ねたんでしょうね」

鈴乃はツヤを廊下に連れ出して尋ねた。

「午後の回診で、先生は峠を越したと仰っていた。でも体力が落ちているので一ヵ月ぐらい入院していなければと、口を濁していたけどね。盆と正月以外は働きずくめだったものね。ここに入院したのも、よく覚えていないらしいの。高熱で意識が朦朧としていたのね。本当に間一髪だったらしい」

「恐いことねえ。そうだったら、なおさら用心して、完全に治るまで入院させて貰わないとね。それから今朝、軍さんから電話があって、前から待っていた大阪の老健施設のベッドが空くようになったので、一週間後には入所しなければならなくなったんだって。それで徳さんのお見舞いとお別れを兼ねて、病院へ行きたいのだけど、いつがよかろうと言ってきたの」

「えっ、軍さん、大阪に行ってしまうの。淋しくなるね。淋しくなるのは、考えるだけでもイヤ。身勝手なんだから。この町から出ていく人とは、会いたくないね。でも、軍さんならしょうがないか。明後日《あさって》頃ならベッドの上に起き上がれそうだ、と先生が仰っていた。その頃に来て貰うかね。でも、病人の所に別れに来るなんて、軍さんも罪な人だね」

「軍さんも行きたくて行くのじゃないからね。歳を取って知らない土地に行くのは、辛いことだからね」

鈴乃は、寝息を立てている徳さんの顔を覗き込むと帰途についた。

「サシバの巣は久しぶりに見たね。ヒヨドリや山鳩はよくあるけどね。子供も三羽いるとは、珍しいな」

軍さんは窓から、看護婦が貸してくれた望遠鏡で中庭のもちの木を見ながら言った。

「サシバの巣は十年ぶりぐらいだね。若葉屋では、十年前に見たことがあった」

徳さんは入院十日目にして初めて、ベッドの上で起きるのを許可された。酸素マスクはとれたが鼻腔カテーテルをつけているので、髭を生やしているように見えた。顔色も随分よくなって、にこやかな笑顔も戻ってきた。

「嫌だよ二人は、お別れというのに鳥の話ばかりして、私は鳥肌がたつよ。でも鳥が巣で子育てをしているのは、生まれて初めて見た。可愛いものだね。父鳥が餌を運んできて、母鳥が子に餌をやる。羽の中に雛を入れて雨風からしっかり守っているからね。ところで軍さんは大阪の老健に移るの」

ツヤが軍さんに尋ねた。軍さんは頷いた。

「老健ってなんなの。病院なの」

鈴乃も焦《じ》れったそうに聞いた。

軍さんは老健のことも全く知らないようであった。

「あっ、丁度よかった由香里ちゃん、老健ってどんなところかね」

室内の掃除に入ってきた看護婦の田中由香里に、ツヤが尋ねた。ツヤは人懐っこいので誰とでもすぐ仲良くなり、田中看護婦を親しく〝由香里ちゃん〟と呼んでいる。

「老健というのはね、老人保健施設を略したものなのね。七十歳以上のお年寄りか、どこか体に障害のある六十五歳以上の方を収容する病院なのね。原則として軽症の人で、普通の病院で治療してほぼ治っているのだけど、自宅に帰る前さらにリハビリを受け体力をつけるところなの。それが理想なのだけど、病気そのものは治っていても自力で動けない人や寝たきりの人、または帰りたいのだけど帰る家の無い人なども収容されているの。百人の入所者にドクターが一人いればよいのだから、診断や治療は出来っこないよね。民宿もどき、というところかな。でも社会的には必要なのね。介護も大変って、老健に勤めている友だちが言っていたわ」

「へえ、いろんな病院があるものだね。老人ホームも老健もどんどん出来ているので、そのうち町には老人がいなくなるよ」

ツヤが頓狂な声をあげた。

「三ヵ月経ったら、出なければならないそうね」

鈴乃が心配そうに尋ねた。

「原則的にはね。でも、どこの社会にも抜け道はあるでしょう。病状が改善しないとか、又は他の老健を渡り歩くとか。帰る先がなければ、どうしようもないものね」

「まあ、まるで渡り鳥だね」

ツヤが窓外の小鳥たちの去来を見ながら嘆息した。

「でも、軍さんは大阪の老健で元気になったら和歌山の娘さんの家に身を寄せるのでしょう」

心配そうに鈴乃が軍さんに尋ねた。

「娘はそう言ってくれているけど、団地住まいで狭いしね。この町には、もう帰ってこれないだろうね。身寄りが誰もないものね。本当はこの町と離れたくない。でも先のことは考えないことにしているよ」

軍さんは明るく言い放った。話がしんみりとなってきたので、看護婦の田中由香里は挨拶をして出ていった。

「いい子だね。明るくて、はっきりしていて。それにあのすくすくと伸びた体。

日本人の体もかっこよくなったね。あの子、軍さんの亡くなった奥さんの孝子さんに、どこか似ているんじゃない」

鈴乃が由香里の出ていった後を目で追いながら言った。

「そういえば、色の白いところ、少し高い声も似ているね。孝子さんさえ生きていれば、軍さんもこの町を離れることはないのにね」

ツヤが口惜《くや》しそうに言った。

孝子は三年前に子宮癌であっという間に亡くなった。腰が痛いので総合病院で診て貰ったら子宮癌ということで即刻入院になったが、手遅れで手術も出来ずに二ヵ月後死亡したのだった。

「わしの方が先に死なんといかんやった。女房は元気そのものだったから、そうなると思って心の中で喜んでいたのに、あんなに早く旅立つとは思いもしなかった」

五年前、軍さんは胃癌の手術を受けた。かなり進行していたらしく、医師は手術の困難さもあり、軍さんのたっての希望に沿って癌の告知をした。心配をよそに手術は大変うまくいって、転移もなかった。

ところが、手術後三日目の夜、軍さんは病院から姿を消した。

病院は大騒動となった。職員が呼び出され隠密裏に病院の内外、それから近所の捜索をはじめた。孝子に連絡され、孝子は夜道を走って来た。若葉屋にも知らされ、丁度泊まっていた徳さんは自転車ですっ飛んで来た。川や池が重点的に捜された。病院を果無《はかな》んで入水《じゅすい》自殺したのではと心配されたのであった。大手術の三日目にどう考えても遠くまでは歩けない、と院長は考え込んだ。それを聞いていた徳さんは、とっさに自転車で軍さんの自宅に走った。病院から五百メートル近くあった。軍さんは家の玄関の前に倒れていた。孝子が病院に走っている途中、軍さんは路傍で意識朦朧となって座り込んでいて、孝子は気がつかなかったのであった。術後五日間は回復室に収容されるので、孝子の面会も昼間の短時間に限られていた。

三日目の夜に麻酔状態から戻った軍さんは孝子の姿がないのに不安を感じ、酸素マスクをかけたままで、看護婦に孝子に会いたいと言ったが、忙しい看護婦は要領をえなかった。軍さんは孝子に会いたくて堪らず、看護婦の目を盗んで病院を抜け出し、家に帰ったのであった。

胃癌手術後三日目に五百メートルもの夜道を歩いた患者など前代未聞で、今でも語り草になっている。

「孝子さんは恋女房だったからね。軍さんが孝子さんを愛し過ぎていたから、孝子さんは居たたまれなくなって、この世を先に去ったのよ」

ツヤが軍さんを冷やかした。

軍さんは照れて頭をしきりにかいた。

「でも軍さんは幸せよ。同居は出来なくても少しでも近くに居て貰いたい、と娘さんが言うのだから。娘さんから見れば、軍さんを一人暮らしさせておくのは、毎晩眠れないぐらい心配なのよ。それが親子というものなの。嫌だね、軍さん、お別れに来ているのに何か言ってよ」

鈴乃は、さっきからお互いに直接話そうとしない徳さんと軍さんを見て会話を促した。

二人は子供のように照れて、もじもじしていた。

「徳さん、もう二度と会えないかも知れんけど、しっかり病気を治して元気で頑張ってくれ。長い間いろいろ有り難う。一滴も酒飲めんのに、ようわしのような大酒飲みの相手をしてくれたな」

軍さんが思い切るように感謝の言葉を述べた。

「軍さんこそ、年下のわしを対等に扱かってくれて有り難う。孝子さんは美味しい弁当をよく作ってくれた。一人暮らしのわしはどんなに嬉しかったことか。軍さんも元気でな。年をとったら娘さんの言うことをよく聞いてあげるといい」

徳さんは軍さんの目を避けて、ぼそぼそと言った。

「二人ともしんみりならずに。また若葉屋で会おうね。軍さんの再出発に乾杯しよう」

ジュースをついだコップをツヤが渡した。

徳さんは入院二週間目に病院の庭までの散歩が許された。ツヤは徳さんの散歩ぶりを見て、その日から泊まり込みの付添いを止めて、若葉屋に久しぶりに戻った。徳さんは夕方に微熱が出る程度で食欲も出てきたが、まだ咳がとれずに、胸のレントゲン写真でも影が残っていて、来週には近くの大学病院で気管支の詳しい検査を受けることになっていた。

担当の医師は、徳さんには内緒だが、肺癌の疑いが少しあると、ツヤを呼んで言った。

若葉屋の庭には中秋の穏やかな、少しオレンジの色合いの陽が射していた。初秋の透明さから暖色が増してきていた。小鳥たちの姿がこの二週間大分減っていた。

「嫌だね、小鳥たちは徳さんについて病院の方へ行ってしまったのかね」

ツヤが洗濯物を畳みながらぼやいたので、鈴乃が笑った。

「徳さんも散歩できるようになってひと安心ね。これもツヤさんの介抱のお陰よね。あのままになったらどうしようかと思っていたの。危篤を知らせる親戚の人のことも何も聞いていなかったしね」

鈴乃は何かを期待するようにツヤに話しかけた。

ツヤは、徳さんに肺癌の疑いがあることを鈴乃に伝えていない。余分な心配をさせない方がよいし、診断がついた時に話しても遅くないと考えたからだった。

「徳さんは、本当に天涯孤独のようよ。誰もいないみたい。あんなに徹底して誰もいなかったら淋しいのかしら、それともせいせいするのかしら」

ツヤはわざと他人ごとのように言った。

「それは淋しいことよ。自分の骨を拾ってくれる人がいないということは」

鈴乃はツヤを見つめながら語気を強めた。

「でも、死んだ瞬間に人間というのは、後のことは全く分からないのでしょう」

「でも臨終になって、誰もいないということは、一生のなかで一番淋しいんじゃないの。私は夫も子供もいない。徳さんに近い境遇だけど、まだ兄弟や甥、姪がいる。でも死ぬ時は一人と思っているし、無縁仏になってもいいし、死んだあとは大学に献体しようかと思っているんだけど。それでもねえ。ツヤさん、気を悪くせず互いに聞いて。前から思っていたけど、あなた徳さんと結婚したらどうだろうね。お互いにまだ元気だし、二人で生活したら、お互い淋しくないんじゃないの。もうすぐ二人とも年金もおりてくるし、所帯を持ったら。徳さんの病気で、今度つくづくそう感じたの。似合いの夫婦だよ。もともと徳さんには槙枝さんよりあなたの方が合う、と私は思っていたの。癇に障ったらごめんよね」

「まあ、女将さんたら、何てことを。心臓がたまげて突然走り出して、どきどきするじゃないの。こんなことは、おっ母さんが死んだ時以来だよ。確かにあの徳さんが入院して、付添いしていて楽しい。徳さんの奥さんと呼ばれて面映《おもは》ゆかった。すぐに夫婦でもなんでもないのがばれたけどね。あとは同居人とか内縁の妻とか噂があっているらしいの。私と徳さんは〝茶飲み友だち〟と言ってやったの。そうしたら若い看護婦たちには茶飲み友だちというのが珍しいらしくて、お茶の差し入れをしながら、しげしげと徳さんと私を観察していくのよ。なかには茶飲み友だちというのは肉体関係はあるのですか、とあけすけに聞いていくのだから、却って気分がすっきりするね。若いということは本当に気持ちが良いね」

「若い人のことはどうでもいいけど、徳さんとのことはどうだろうね。いいことと思うんだけど」

鈴乃は真剣にツヤに迫った。

「女将さん、お心遣い有り難う。私、徳さんのことを若葉屋に現われた頃から好きだったの。だから、槙枝と徳さんが結婚した時はショックだった。一年後に槙枝が酒飲み過ぎてお湯に溺れて死んだ時、本当は罰当たりと思っていたの、槙枝のこと。でも、徳さんの悲しみを思ったら、とても後悔したの。徳さんは槙枝を愛していたのよ。本当の意味で二人は天涯孤独の身なのが、お互いに分かっていたのね。徳さんは裕福な大阪の商家のぼんぼんで、槙枝も大阪の大きな病院の一人娘さんだったらしい。二人とも戦災で家族も財産も全てを失ったのね。二人とも幸せそのものの家族だったので、人間の別れの辛さを人一倍知っているのよ。徳さんと私が一緒になる話を持ち出したら、徳さんはきっと困る。あの人のことだから、女将さんが言い出せば、この話はまとまるかも知れない。でも、徳さんに、また人間の別れを経験させたくない。私は、いつまでも徳さんと茶飲み友だちでいたいの」

「ツヤさん、ご免ね。そこまで、あなたが考えているとは正直思っていなかった。私は単純に人間は一人より二人がいいと思ったのよ」

鈴乃は涙ぐみながらツヤに言った。

「女将さん、本当に有り難う。こんな齢になってまで、私のこと思ってくれているだけでも、どんなに嬉しいことですか。でもこの二週間は本当に楽しかった。一所懸命に人の面倒を見させて貰った。私、両親に反抗ばかりしていたので、二人の臨終の時も何もしてやれなかった。今度の徳さんの介抱で、両親に対しても申し訳がたったみたい。徳さんはただ昏々と眠るばかりなのだけど、とてもいい顔だった。まるで赤ん坊、すやすやと寝息をかいて。私、男の寝息なんか聞いたことがなかったの」

「男の寝息を聞いたことがないなんて、私を泣かせないで」

鈴乃がツヤをにらんだ。

「あなたたち、徳さんが治ったら湯布院に泊まりに行ってお出で」

鈴乃がツヤに勧めた。

「湯布院はだめ。槙枝のこと思い出すし、近頃湯布院は有名になり過ぎて、気取っているみたい。行くなら山奥の一軒家の温泉ね。湯布院では恋の逃避行にならないわ」

ツヤが笑いながら軽い口調で返事した。

湯布院は、確かに鄙びた湯治場からハイクラスのリゾート地に豹変してしまった。日本中が別の国になったみたいなのだから、仕方のないことと鈴乃は思った。

秋の陽が陰りはじめると、急に小鳥たちの鳴き声が聞こえはじめた。

懇意にしている八百屋の主人に頼んで、そこの息子の車で、徳さんを大学病院に連れていって貰った。病院の車を出してあげようと言ってくれたが、風邪が流行《はや》り出して院内はてんてこ舞いであった。看護婦の田中由香里が付き添って来てくれた。

大学病院に着くと、徳さんは喉に麻酔されて気管支ファイバー・スコープを挿入された。気管の中に小指程の太さの長い管を入れて肺の中を見る検査であった。想像しただけでも苦しかったが、徳さんは落ち着いていた。午後からはエジプトのピラミッドの中の棺桶みたいな狭いところに入って全身を調べるMRIという検査をした。午前中に行なった肺の中を洗って、その液から癌細胞や結核菌、細菌を検出する検査では異常はなく、全身MRIでも悪性腫瘍は見つからなかった。

医師の説明が終わった頃は夕方に近かった。朝から何も食べていないのと、麻酔が残っているので徳さんはぼおっとして、歩くのがやっとであった。由香里が来てくれていて助かった。てきぱきと徳さんを誘導して明るく激励した。帰りにどこかで食事をとツヤは気遣ったが、徳さんの状態からとにかく病院に帰ることにした。

余程疲れていたのか、帰り着くと徳さんは夕食もとらずに寝入った。由香里が点滴をしてくれた。

ツヤはその夜、徳さんのことが心配で病院に泊まった。

翌朝、徳さんは顔色もよく元気になった。昨日大学病院に行ってからのことはよく覚えていないという。

由香里は朝一番に訪室した。

「昨夜遅くまで病院中が、がたがたしていたようだけど、重症患者でもあったの」

ツヤが由香里に尋ねた。

「おばあさんが二人急患で入院して来てね。一人は喘息、一人は脳梗塞発作だったの。喘息の方はひどい発作で、あまりに苦しいので、先生に早く殺してくれと叫んでいたんだけど、治療で発作が治まると、ケロっとして、まだまだ長生きせんとばからしいと言っているの。脳梗塞のおばあちゃんは過去にも何回か発作を起こして死にたい死にたいと言っていたんだけど、意識がなくなって一時間程してまた意識が戻ったのね。先生に、『先生はまた私を生き返らせた。今度は死ねたと喜んでいたのに』と涙ながらに訴えるのね。いろいろな人がいるでしょう。そう、この前のおじいちゃんは三日目に意識が戻って初めて言ったのが、『ああ、いい風呂やった』だったのよ。皆笑ったわ」

徳さんが由香里の内輪話を聞いて、久しぶりに大声で笑った。

「由香里ちゃんは来年になると、すぐ大阪の学校に行くんだって」

ツヤが聞いた。

「ええ、大阪の高等看護学校に合格したので。都会に、一度は出てみたかったしね」

嬉しそうに言うと部屋を出て行った。

由香里はこの町の女子高校の准看護科を出ていた。二年間この病院で昔風に言えば御礼奉公《おれいぼうこう》をして、来年から大阪の高等看護学校に入学することになっている。先日合格通知が届いた。両親は事情があって離婚していた。由香里は祖母と父と弟、妹と暮らしている。父親は三ヵ月前に脳腫瘍の手術を受けて全快していて、悪性ではなかったという。祖母から見ると由香里はこの町に残って欲しかったらしい。合格の通知を婦長が祖母に知らせると、がっかりしていたという。

婦長によると准看と正看の差は、無論個人差はあるが、中学で習った日本史をもう一度高校で習うようなもので、内容としてはあまり差はない。卒業したあとの実際の場で勉強するのが大事なことだが、准看と正看とははっきり区別されている。それなら、誰でもチャンスがあれば、正看になりたいのは当たり前であった。ほぼ同じことを二度習うことになり無駄なことだからである。制度として准看と正看をなくせばすっきりする、というような話を聞くと、ツヤのような門外漢でも腹立たしかった。手離したくない病み上がりの父親や幼い孫の世話を続けなければならない祖母の心情を察すると、ツヤは悲しくなった。

「あの子も飛んでいくのか」

徳さんが窓から空を眺めながらつぶやいた。

徳さんの咳も日増しにとれてきて元気になっていった。庭に降りていくと、サシバの巣をずっと見つめていた。孵化した三羽の雛鳥たちも見る間に大きくなっていた。もう幼鳥と言える時期らしく、あと十日もすれば若鳥になると徳さんはツヤに教えた。餌は親鳥が感心に運んできて、自分とあまり大きさも変わらなくなった雛鳥に与えている。

数日すると、雛鳥が初めて巣を離れ地面に墜落するように飛んだ。親鳥が心配そうにそばに降り立った。雛鳥は必死に巣に戻ろうとするが、なかなか飛べない。

何度も繰り返しているうちにやっと巣に帰れた。徳さんが拍手をした。

ツヤは昼過ぎに病院に来て、夕方に若葉屋に戻る生活になった。

二、三日後、病院に行くと婦長がナースコーナーからツヤに手招きして、午後の静かになった外来の待合室に連れていった。広い待合室には人影もなく、病院にとってはほんの数十分であるが、一日では真空のような時間帯である。総ガラスで出来ている窓から病院の庭を通して遠い山脈まで広い視界が広がっている。

鳥たちが、時々鳴き声をあげて、いろんな星座を描きながら飛び交い、その集団は時には立体的に形を作り、操り人形のピノキオになったり、鳥の集まりが鳥の形を作ったり、八の字の形で飛んだりしていた。ツヤは徳さんたちが鳥を可愛く思う気持ちが初めて分かった。

「ツヤさん、実は昨日の院長回診の時に、部屋を出ようとした院長を徳さんが呼び止めたの。『私が、何か大きな病気をしてこの世で役に立たなくなった時に、自殺でも他殺でもない自然の状態で、ひっそり死ねる薬はないでしょうか。そんな薬があれば何十万だしてでも手に入れたいのですが』と、聞いた。それは真剣な表情だった、と先生は仰っていた。院長は徳さんより十歳くらい若いのだけど、これまで何万人という患者を診てきているし、何百人の人の死を看取っているので、人に迷惑をかけずに死にたい、という徳さんの気持ちはよく理解できるでしょう。で、『人間の寿命というのは神が決めることで、どうしようもない。実はそんな薬があったら私も欲しいと思ってます』、と答えたそうです。それを聞いて徳さん、淋しそうに笑っていたそうよ。徳さんは仏様のようににこにこしているけど、内心は自分の死のことを真剣に考えているのね」

ツヤは婦長の話を聞きながら、全身が小刻みに震えるのを感じた。あの茫洋として、人生とか生活とか生死とかに達観しているかに見える徳さんにも、忍び寄る老いは回避出来ないものであった。ツヤはこのことは鈴乃には黙っておこうと心に決めた。

満州さんが名古屋にいる娘さんの所へ引き取られて行く日が決まって、鈴乃に連れられて徳さんに別れに来た。秋の大気が少し青みがかり始めた十月中旬過ぎで、徳さんが入院して一ヵ月経っていた。

「立願寺《りゅうがんじ》沼に、まだ少しだけど鴨が戻って来たみたいだよ」

満州さんは徳さんに会うなり鴨の話をした。

「いやだよ、この人たちは会うなり鳥の話ばかりして、本当に取り(鳥)留めもない人間なんだから」

ツヤが洒落を飛ばしたので別れの湿っぽい空気が吹っ飛んだ。

満州さんの奥さんも、軍さんの奥さんと同じ頃に交通事故で亡くなった。夕方買い物の帰りに、わき見運転の若者の車にはねられ即死だった。満州さんが一人者になったので、東京の造園業の会社に勤めていた一人息子が、東京で生まれ育った嫁と子供を連れてこの町にUターンしてきて一緒に住んでいた。しかし、嫁がこの田舎町に耐えきれず、子供を連れて東京に帰ってしまった。息子は一ヵ月程満州さんと暮らしていたが、満州さんには済まないと言いながらも嫁の後を追って東京に行ってしまった。

「だからあの時、東京の女と結婚したら息子はこちらに戻って来やしない、と反対したんだけど。満州さんが物分《ものわか》りのいい父親ぶって結婚を承諾したから悪いのよ。奥さんは泣いて反対していたのに」

ツヤが今更どうしようもない事を愚痴った。

「縁は異なもの味なものと言うじゃない。東京の女を嫁にするなんてたいしたものよ。この町の農家の長男で、三十過ぎの独身は多いものよ。とにかく近頃の若い女性はなかなか結婚しないじゃない。とくに山奥の嫁不足は大変なんだから。フィリピンの女性が沢山嫁に来ていると言うし。最近は中国に日本男性が見合いに行っているのよ。今は女性が強くなってきたの。女性が男性を引っ張っているのよ。いいじゃないの。私たちの若いころは嫁に行かないと女性は食っていけなかった。どんな乱暴な男でも泣きながらでも、ついていかねばならなかったんだから」

鈴乃がツヤを取りなした。

「でも、満州さんは幸せだよ。孝行娘を持って、娘の旦那さんは偉いね。満州さんを引き取って一緒に住もうと言ってくれるんだからね」

ツヤが満州さんに言った。

「娘婿は九州の人間だから、わしのこともよく分かっているからね。それに息子とは縁切りみたいになったし、この町の家を売っていけば、わしが小金を持っているのを知っている。そこが目当てかも知れんがね。もうこの年になったら金も何も要らせん。娘たちに全部呉れてやるわ。ただ正直言うて、知った人が一人もいない名古屋には行きたくないんだ。ただ、娘が心配するのが可哀相でな」

「年取って全く知らない土地に行くのは大変。でも金目当てで満州さんを引き取るような婿さんじゃない。私も二、三度会ったことあるけど、それは朴訥ないい人よ。徳さんみたいな感じのいい人よ。満州さんは少し照れ隠しにあんなこと言っているだけなのよ」

鈴乃が満州さんを庇った。

「満州さん、この病院の庭にサシバが巣を作って三羽孵化した。もう幼鳥、若鳥を過ぎて成鳥になるのも近い。鴨が帰ってきはじめたなら、サシバはもうすぐ南へ渡っていくかも知れないね」

徳さんが満州さんを窓際に連れていって、サシバの巣を見せた。

「ほう、サシバが巣を作った。珍しいね。親子で五羽いるんだね。もう成鳥だ。あっ、飛び立ったね。飛び立つ練習をしているんだね。南西諸島を渡って東南アジアまでは遠いからね」

満州さんが感嘆の声をあげた。

「徳さん、あのサシバという鳥は今からどこぞに飛んでいくのかね」

ツヤが徳さんに尋ねた。

「冬になる前に暖かい南国へ飛んでいくんだよ。ここから飛び立ち鹿児島、沖縄の先に転々と連なっている南西諸島を通って、最後は外国のフィリピンやマニラの東南アジアまで渡るんだよ」

「海の上をずっと飛んで行くの？　どこかで休むのかしら。ずっと飛び続ける訳はないだろうから」

「そう、波の上で休んだり、島や岩礁に降りたりするんだよ」

「昔〝玄海ブルース〟というバタやんの歌があった。その中に〝波に浮き寝の鷗《かもめ》鳥《どり》〟という歌詞があったね。それで、東南アジアまでどのくらい遠いの」

「満州さん、三千キロはあるね。ここから東京までの三倍ぐらい飛ばないと着かないね」

満州さんは相槌を打った。

その時、田中由香里が検温のため部屋に入って来た。

「ちょっと、由香里ちゃん、あなた、あのサシバという鳥が三千キロも飛んで東南アジアに行くこと知ってる」

ツヤが由香里に聞いた。

「二日前に徳さんから聞いたばかり。でも、凄いよね。三千キロも飛ぶんだから」

由香里が明るい笑顔で答えた。

「由香里ちゃんが来春看護学校にゆく大阪までは、どのくらいあるの」

「五百キロぐらいだから、新幹線では二時間ちょっとで着くのよ」

「この満州さんが行く名古屋まではどのくらいあるの」

「七百キロぐらいかな。新幹線でなら三時間半ぐらいよ」

夕方になってきて、太陽が、西の山の方に傾きかけていたが、陽射しはまだ強かった。その光の中を小鳥たちが銀座通りのように右往左往していた。

「あの赤くなりはじめたお天道様《てんとうさま》はここから見えている。由香里ちゃんの行く大阪はここから見えないから、大阪の方がお天道様より遠いんだね」

「まあツヤさん、ギャグがお上手ですね。私も最近のテレビの子供番組を見て初めて知ったんだけど、地球から太陽まで一億五千キロぐらいあるんだって。その距離はね、分かり易く言うと、ジェット旅客機で十八年かかり、新幹線でゆくと八十年かかるんだって。毎日空に輝いている太陽までがそんなに遠いとは、私も思わなかった。

由香里が笑いながら説明した。

「なんだって、地球から太陽まで新幹線で八十年かかる？　そうなるとオギャーとこの世に生まれて八十歳のばばあになるまで、ずっと乗り続けていないと太陽に着かないんだね。生まれて太陽に着くまでが、人間の一生ということになるんだね」

「そうだね、だから大阪も名古屋も東京もたいした距離ではないのよね。私が三年間大阪看護学校に行っているのも、たいした時間ではないのね」

由香里は言うと徳さんの体温をチェックして出て行った。

「サシバの東南アジア行きも、太陽への距離に比べれば微々たるものね。でも、その微々たるものが大変なのよね」

鈴乃がお茶を入れながら言った。

「人の生涯もこうなると、太陽への新幹線での旅行ということになるのかな。わしが名古屋の娘の所へ行くのも、新幹線の中でちょっとうたた寝をしただけのことにしかならないね。人間の別れもそう考えると、淋しく思うこともないか」

満州さんがささやいた。

「満州さん、サシバが本当に巣立ちをするようだよ。親子五羽で屋上に並び、わしらの方を見ているよ。これから体を慣らしながら鹿児島、沖縄の方へ行くんだよ」

徳さんが指差す屋上の物干し竿に五羽のサシバが止まっていた。最初は父鳥だろうか、一羽が飛び立つと順次続いた。そして、病院に旅立ちの挨拶でもするかのように庭の上を低空飛翔すると、大きな楕円形を描いて茜空に消えていった。

その後を他の小鳥の群れが追うように黒い塊となって続いた。

秋の川

一

川面に白い湯気がかすかに立ち始めると、アキは今年の秋もあと二、三週で終わりになると毎年感じるのであった。

アキが十五歳の時に、紅葉軒《こうようけん》に貰われてきて、初めて白い湯気みたいなものを見た時は本当に驚いた。アキの生まれ育った村には川らしい川がなかったので、生まれて初めての光景に戸惑った。だが、負けん気の強いアキは、湯気の正体が何であるかを誰にも聞かなかった。聞いたら笑われそうだったからである。

アキは毎朝早起きして注意深く観察した。寒い朝ほど沢山湧きあがってきた。紅葉軒は山奥の渓谷にある温泉宿であり、川の中にも温泉が出ているのであろうと最初は考えていた。しかし、湯気は日増しに濃くなっていった。そして、その数日後、アキが目覚めると視界全体が真っ白で、向かいの山も川も全く見えなくて、窓を開けると白い湯気が部屋の中に烈しく吹き込んできた。それが霧と呼ばれていることを、アキは後になって知った。そして、湯気が実は川霧の始まりであることに気がついた。

渓谷の霧はなかなか晴れず、午前十時頃になるとやっと青空が見えてくる。霧の深い日は決まって、気が遠くなるほど天気がよかった。遠く近く、山が日一日と鮮やかに紅葉していくのがわかった。紅葉軒という名前がぴったりだ、と幼いアキは感心した。

霧の晴れた後の抜けるような青空と、鮮やかな紅葉と、澄み切ってキラキラと白く光る秋の川の取り合わせの素晴らしさは、一年の中でも、ほんのわずかの期間でしかないことも、アキは年々知り始めた。

十五歳の時に紅葉軒に来てから、途中二、三年この地を離れたことはあったが、四十年以上も毎年紅葉を見続けているのに、アキは全く飽くことがない。毎年、何か新しく知ることがある。例えば、霧の切れていくさまとか、紅葉の中でもひときわ色の鮮やかな樹、長持する樹を見つけたりといった具合であった。

アキが菊瀬《きくせ》温泉の紅葉軒に貰われてきたのがこの季節であったし、アキのこの季節への思いはことさら強い。紅葉軒からアキを養女として欲しいという話が持ち上がった時、アキは目の前が急に明るくなる思いであった。

アキの生家は貧しい農家で、アキは八人兄弟の三番目であったが、下には乳呑み児までいた。終戦の翌年で、農家でありながら食べる物にも事欠いた。家は狭く、息が詰まった。

紅葉軒はアキの母の遠縁にあたり、子供がいないために跡を継いでくれる、それも女の子が欲しかった。器量が良く、よく気のきくアキが切望されたのである。アキの両親も、当時まだ元気であった祖母も、貧しくとも家族として生まれついた以上は、どんなことがあっても散《ち》り散《ぢ》りになりたくなかったので断った。

が、紅葉軒は諦めず頼み込んできた。このままいけば伝統のある紅葉軒も潰れてしまう、と泣き付いたりもした。後にアキの義母となる佐和は、特に懸命に両親を説得した。

仲介に入った者がアキの生家の窮状を見兼ねて、暗に口減《くちべ》らしにもなること、将来は上の学校にも行けること、これが永遠《とわ》の別れになるのではないし、アキに会いたければ何時でも会える、と口説いた。

アキは成績がよかった。このままこの家にいては、上の学校へ進めないことは明白であった。そのことが、アキの母の心を暗くした。

祖母と両親は、アキの気持ちに任せることにした。アキは幼いながらも口減らしになることを薄々知っていたが、何よりも、この家に居て息が詰まりそうになる暮しから逃げ出し、自由になりたかった。

アキは、紅葉軒に行きたい、とはっきり言った。話は急転して決まった。アキは家を出て新天地の紅葉軒で伸び伸びしたかったので正直に言った。家族の元を去る淋しさがないこともなかったが、それを少しでも口に出せば、この話が壊れてしまうのが心配だったのだ。

祖母や両親は、貧しい家のことを思ってくれる健気《けなげ》なアキの心に涙ぐんだ。

家に居てもいいんだよ、と母は何度も念を押したが、アキはもう決めたことだからと言い張った。アキの強い言葉に祖母も両親もがっくりと肩を落とし、気が抜けたように黙ってしまった。

この季節になるとアキは、あの時の狭い農家の暗い裸電球の下で、両親と祖母が淋しそうにしていた顔をいつまでも思い出す。まだ幼かったアキは家を出たい一心で、あの時の三人の気持ちを忖度《そんたく》できなかった。

あの時、嘘でもよかった、家を出たくないとアキは言わねばならなかったのだ。

それに気付いたのは、ずっと後のことであった。

霧の晴れたあと紅葉に照り輝く山を見ていると、アキの心は痛む。

今年の夏は不順な気候で雨ばかりであったが、その割りには紅葉の染まり具合は悪くない。むしろ、色彩はやわらかく透明な感じがしてすっきりしている。目を落とすと上流の渕になった川面に、黄色い落葉が少し浮いているのが見えた。まだ紅葉が始まったばかりなのに、とアキは訝《いぶか》った。

一気に紅葉して一気に散る年もあった、とアキは心配した。

その時、階下からアキを呼ぶ声がした。娘の葉子の声かと思ったが、今日は福岡に行って帰って来ない筈であることを思い出した。今日から手伝いに来ている加代であるのに気付いた。

葉子と加代は幼な馴染《なじ》みであった。

二人は声が似ている。加代の方が語尾を甘く少し上げる癖がある。葉子は加代の男友だちから、電話で加代と間違えられて困ったことが何度もある、とぼやいていた。

それで、そんな電話の時は相手構わず「加代なんかじゃありません、よー!」と怒鳴って電話を切ることにしている、と葉子が笑いながら話していたのを、アキは思い出した。

階下に降りると、帳場に加代が紅葉の柄の入った鮮やかな着物姿で立っていた。

「まあ、加代ちゃんの奇麗なこと。あなたは着物も似合うのね」

アキが感嘆の声をあげた。

「女将さん、お世辞を言ってくれても、私、差し上げるもの何も持ってないことよ」

加代が嬉しそうに笑った。

「でもどうしたの。そんな奇麗な恰好して」

「今日は、営林署の副署長さんがお出でになる日でしょう」

加代はそわそわしていた。

「あら、そうだったかしら。この頃お見えでないなあと思っていたけど。それで副署長さんと加代ちゃんは何か関係あったかしら」

アキは知らぬ振りして、わざと冷たく突き放した。加代は先程の上機嫌の顔を脹《ふく》れっ面《つら》にして帳場を出ていった。

一度加代には注意して置かねばならぬことと思っていたので、丁度よかったと思った。

副署長は四十歳を少し過ぎた妻子ある男であるが、しっかりした性格なので心配はいらない、とアキは思っていた。が、火は小さいうちに消した方がよかった。加代にとっては単なる憧れと思っていたが、それだけでは済まないことを、アキは見聞きしていた。

副署長は今年の四月に広島から赴任して来た。最初は妻子も一緒だったが、途中から単身赴任になった。奥さんが帰っていった理由は、身内の看病のためと表面上はなっていた。だが、本当は、山奥の生活があまりに淋しく不便だったからだと噂する者もいた。

アキは調理場へいった。

板場の古賀が三人の下働きの者と、今日の予約客の料理を作っていた。仕事に集中している時には、古賀はたとえ女将のアキが調理場に入って来ても、振り向いたり、言葉を掛けることはなかった。

山奥の渓谷の温泉で、都会の客を喜ばせるものは川魚か山菜しかない。アキは料理のことで、この三十数年間古賀に随分苦労をかけた。都会から来た人には、川魚と山菜で十分満足して貰っている、と単純に考えていた。

多くの人はそれでよかったが、中には川魚独特の少しどぶ臭い匂いをひどく嫌う人もいて、全く箸をつけていないこともあった。折角遠くから、こんな山奥に来ていただいた手前、アキは急遽、数キロ離れた町から海の魚や牛肉を取り寄せて客を持て成した。

古賀は、そういう時も嫌な顔ひとつ見せず料理を作り替えてくれる。古賀の穏やかさ、優しさはどこからきているのか、とアキは不思議に思う。地元の常連客には日頃珍しい物を出すようにアキは心遣っていたが、山峡で生まれ育ち、その味覚を守って一生、川魚や山菜しか口にしない客もいた。

人間は様ざまであると、アキはやっと分かってきた。それが分かるのに三十年以上もかかり、その時には人生の先も見えてきたことを、意識し始めていた。

板場の古賀を雇う切っ掛けは偶然であった。あの時の苦しみを思い出すと、アキは今でも体が凍《こご》えるのを感じる。

三十数年前、菊瀬温泉に紅葉軒と二軒しかない商売敵《がたき》の若葉館から、板場の山田を引き抜かれた。それと前後して紅葉軒の温泉が突然出なくなった。板場と温泉源を同時に失った紅葉軒は大変な痛手を受けて、そのまま潰れるのではないかと噂をされた。

料理の方は義母の佐和とアキと残された者たちで何とか取り繕ったが、温泉の方は大変であった。板場を引き抜いた若葉館から温泉を分けて貰うことは、意地でもできないことであった。

三百メートル程の川下に昔あった竹屋旅館の温泉源が細々と残っていたのを教えてくれた人がいて、そこから桶に汲んで運ぶことにした。

温泉宿に温泉が出なくなることは致命的で、そのような噂だけでも客は来なくなるものである。アキたちは夜中にお湯を汲みに行って密かに運んだ。それは大変な労働であった。汲んできたお湯をタンクに貯めた。冷《つめ》たくなったり、汲み足りない分は大きな釜で井戸水を沸かして補給した。その分、温泉らしい質が薄れた。客の中には、それに気付く者もいたが、馴染みの客から文句が出ることはなかった。中には、お湯運びを手伝ってくれる客もいた。

一ヵ月程して、再掘によって泉源は復活したが、アキたちにとっては本当に辛い日々であった。客の中にはお湯がぬるいことや泉質が悪いことに腹を立てて若葉館に移る者もいた。いっそのこと紅葉軒を閉じてしまおうとまでアキたちは思い悩んだ。

アキはあの時、人間の表裏をつくづく見せられた。

日頃親しく付き合いをしていると思っていた人の中には、意外に冷たい人が多くいることを思い知らされた。この窮状を一番に助けに来てくれたのが、峠で小さな饅頭屋をしている古賀忠夫夫婦であった。

町に買物に出た帰りなどには、アキは必ず古賀の店に寄ってお茶を飲んでいた。古賀は四、五年前に、空家になっていた農家を借りて饅頭屋を始めていた。それ以前の古賀のことをアキは何も知らなかった。噂では大阪の方から流れて来たとも聞いたが、アキは立ち入ってそれ以上のことを聞くことはしなかった。夫婦は物静かで、子供もいないようであった。小さな饅頭で、皮が薄く、餡《あん》こは粒餡であった。これ以上薄くできないような皮であったが、均質でしっかりとしていた。粒餡なのに全体に同じようなやわらかい餡であった。

アキは最初にこの饅頭を食べた時、何か不思議なもの、実体がなく、快い喉越しの感触だけが残っているように感じた。このような美味な饅頭を、この山奥で食べたことが信じられず、狐にでも瞞《だま》されたのではないかと思ったくらいであった。

古賀夫婦は自分からものを言うことはなかった。アキの言葉にぽつりと返すだけであった。何度目かに訪れた時にアキは、ここの饅頭を紅葉軒の泊まり客に出す茶菓子に使いたいので納入して欲しい、と頼んだ。

夫婦は最初は信じられないといった顔で、考えさせてくれとの返事であった。それから数日して夫婦が揃って、饅頭を納入することに決まったお礼の挨拶に来た。アキの方が、その誠実さに恐縮した。

満室になっても、せいぜい三十数名程の小さな宿で、使う饅頭の数も高が知れている。だが、客に饅頭を出し始めるとだんだんと紅葉軒の名物のようになっていった。そんな時に板場の引き抜きと泉源が枯れるといった大事件が起きた。

紅葉軒の危機を知って一番に駆けつけて来てくれたのが古賀夫婦であった。車もまだ普及していない時代で、それぞれが桶でお湯を運んだ。古賀忠夫は小柄であったが、意外に膂力《りょりょく》があって天秤棒で一度に二つの桶を担った。古賀夫婦は雨の日も、風の日にも来てくれた。それも夜明け前と、客が到着する前の午後の二回であった。アキが眠っている時や外出中でも欠かすことはなかった。

温泉が再び出だしたある日、外出の帰りにアキが古賀の店に寄ると、鮎を焼く芳ばしい香りが漂っていた。ねじり鉢巻きをした古賀が奥から出て来たが、アキの姿を見て慌てて引っ込んだ。入れ替わりに妻が出て来て、今朝鮎釣りに行ったら良いのが捕れたので焼いているところです、と言った。

しばらくすると鉢巻きをとった古賀が鮎の焼いたのを皿に載せて来て、

「珍しくもないもので申し訳ありませんが、捕れたばかりのよい鮎ですので召しあがって見て下さい」

と遠慮がちに差し出した。

焼き鮎の美しい姿を見て、アキは思わず驚きの声をあげた。波うった姿、焼きの見事な光沢、振り塩の模様の美しさ、アキがこれまで見たことのない奇麗な焼き上がりだった。鮎はまだ生きているのではないか、と思った。

箸をつけるのも勿体ない思いであったが、とにかく食べてみたかった。

焼き上がっているのに、まだ仄《ほの》かな水瓜《すいか》のような香りが残っている。捕ったばかりの新鮮なせいもあったが、身は川魚のもつやわらかでしなやかな弾力があった。塩加減がまた佳《よ》かった。

アキはしばらくの間あまりの風味に瞠目した。鮎の名所・菊瀬川渓流の辺《ほと》りに十数年住んでいながら、こんなに美味しい鮎の塩焼きを食べたのは初めて、と思った。

アキが塩焼きを食べ終わる頃合を見計らって、古賀は鮎の背越し（刺身）を持って来た。水からあがった鮎そのままの姿が皿に敷かれた笹の上に置かれていて、まだ痙攣《けいれん》していた。甘く涼《ひや》やかな香りがそのまま懐かしいほどに匂い立っていた。

川魚の泥臭さを嫌がる人もいるが、アキはそれを全く感じなかった。二〜三ミリの厚さに切られて活《い》け作りにされているが、切り口が見えない。香辛料に柚子胡椒が添えてあり、二杯酢で食べるようにしてあった。輪切りにした刺身を取ると、切り身が透明に見えて中の背骨が氷細工のように見えた。きっちりとした歯応《はごた》えと、蕩《とろ》けるような鮎の甘味と香辛料が合って、その喉越しはえも言われぬ味わいがあった。

続いて小さな珍味皿に鮎の鱁鮧《うるか》が出された。それは水飴のようにとろりとし、さらっとして頼りなげに見えた。ところが箸をつけると、外見よりも硬度があり、舌の上で粘りを持ちながらも、味が均等に一瞬のうちに広がっていく。骨や皮などの夾雑物を全く感じさせない。香気と苦味と渋味の入り混じった絶妙の味であった。

アキは、口の中に余韻のように残った味をしばらく楽しんだ。

細心にして爽涼さに裏打ちされた古賀の技量に感じ入って、

「こんな素晴らしい料理！　古賀さん、いい腕しているわね」

とアキが古賀を見詰めた。古賀はアキの視線を逃れるように奥に引っ込んだ。

それから三日後、アキと佐和は古賀の店を訪ねて、紅葉軒の板場として来てくれないかと懇願した。古賀は固辞した。アキたちは毎日のように訪ねた。簡単に諦めるような二人ではなかった。

板場の腕をひた隠しにしている訳柄《わけがら》が感じとれたが、アキはそんなものには拘泥していなかった。泉源が枯れた時に見せてくれた古賀夫婦の誠意と、あの料理の腕があれば、アキはただそれだけで古賀を十分に信頼できた。

紅葉軒が古賀を引っ張りにかかった噂がたつと、若葉館がそれを妨害にかかった。古賀の店の饅頭を若葉館でも使いたい、と申し入れてきたのであった。若葉館は収容人員が紅葉軒の倍以上もあり、団体客が多かったので、売店でも売ってよいという条件までつけた。

この申し入れがあった時、一本気な古賀は若葉館のやり方に反発して、紅葉軒で働くことを承諾したのだった。

二

アキは近頃、明け方に目が覚め、それからなかなか寝付けないことがある。年をとるほどに睡眠時間は短くなると聞いていたが、自分も段々その年になって来ているのかと苦笑した。再び寝付くまで払暁《ふつぎょう》に川瀬の音を聞きながら、アキは昔働いてくれた女の子たちのことをよく思い出す。

泉源が枯れた昭和三十八年の頃丁度居た梅子と良枝には、特に思い出が深かった。

アキは紅葉軒の養女になって、高校、短大を出して貰ったが、あの頃は中学を出て、すぐ働きに出る子が多かった。金の卵と持て囃されていた時代だった。

アキと梅子、良枝はひと回り年差があった。二人とも中学を出ると集団就職列車に乗って名古屋に就職していたが、家庭の都合で四年目の同じ頃に相次いで故郷に帰り、紅葉軒で加勢してくれることになった。梅子も良枝も紅葉軒のある渓谷からひと山越した村の生まれであった。

アキが三十二歳、梅子と良枝が二十歳であった。その前の年にアキは夫の時雄を交通事故で失くしていた。梅子と良枝は、悲しさに滅入りがちなアキを励まし、よく働いてくれた。近頃、田舎の旅館の手伝いをしてくれるのは五十代、六十代の女性が主で、中には七十代の人もいる。殆どの人がアキより年上である。

三十年前には二十歳代の女の子もまだ働いてくれていた。中でも梅子と良枝は朝は早くから、夜遅くまで不平ひとつ言わず、しかも笑顔を絶やさなかった。

あの頃は田舎の町にはクリーニング屋はなく、電気洗濯機も普及していなかった。お客のシーツから浴衣まで全て手洗いで、一年に一、二回は洗い張りして、アイロンもかけた。プロパンガスも電気炊飯器もなく、ご飯は薪で炊いた。掃除もはたきと箒《ほうき》と雑巾がけの時代であった。

何より大変だったのは、配膳だった。昭和四十年代の半ばに紅葉軒を建て直すまで、食事は全て客室で出していたので、料理を二階、三階と運び上げ、食事が済んだら掃除をして布団を敷く。朝は布団を上げたあと掃除をして食事を運び上げねばならなかった。

新館になってからは、一部の客を除いては一階の食堂で食事を出すようになった。紅葉軒は団体客、宴会客は入れなかった。今のように、便利になってから、昔のことを考えると、あのような苛酷な時代があったのを思い出す。

紅葉軒はもともと湯治客相手の宿であった。泉質がよかったので遠方からも客は来たが、近くの農家の農閑期の客が主であった。農閑期になると重労働で疲れた体を癒やそうと米や麦、野菜を持って湯治に来た。

アキが紅葉軒に来た頃はそんな鄙《ひな》びた宿で、紅葉軒自身も客のない時には唐芋、とうきび、白菜などの野菜を裏山に作ったりしていた。

菊瀬温泉へのバスは、がたがた道を一日に三便ぐらいしか通ってなかったので、山を越え歩いて湯治に来る客が多かった。

そのような鄙びた温泉郷を変えたのは、菊瀬川の上下流に洪水調節と発電のためのダムを造ることになってからであった。

昭和二十八年の梅雨の終わりの頃に、何十年ぶりと言われる大雨が降り続いた。毎年梅雨期になると何回か大雨になり、菊瀬川もかなり増水するが、この年の雨は違っていた。降っても降っても雨雲は北九州上空に居座り続けた。昼というのに異様な暗さが山々を覆った。夜も昼も殆ど絶え間なく降り続いた。

菊瀬温泉は川の上流の分水嶺に近かったので、雨がそのまま川に流れ込みすぐ増水するが、小降りになると早い時間に川水も減水した。しかしあの時は、降り続く雨のため、山も森も樹々も、山地をなす土壌もこれ以上の雨を吸収する余力をなくした。

五日目の朝アキが目を覚ますと、川は音もなく増水して来ていた。アキと養父母は山の少しでも高い所に逃げるだけであった。

アキはその時、二十二歳になっていた。

鄙びた温泉郷に一生住み着くこと、老朽化した温泉宿を継ぐことに疑問と嫌悪に近いものを持ち始め、密かに家出を考えていた。山の中腹の岩影からアキと養父母は、見る間に増え濁流が渦巻いて流れる川を見詰めていた。養父母は懸命に手を合わせて祈っていた。

ずっと上流の方で山が崩壊する大きな鈍い鳴動がした。すると濁流が一間もの高さにもせり上がり壁のようになって下流に押し寄せて来た。山の崩壊による山津波であった。それは次々に木をなぎ倒し大石を押し流した。濁流はあっという間に紅葉軒の二階の中程まで押し寄せて、ガラス窓を破って流れ込んだ。

急増した川には杉丸太が群をなして流れ、牛や馬、藁小屋がそのままの建った姿で浮かんで流された。川を挟んで少し下流にある三階建ての松風荘に大量の流木が衝突したかと思うと、松風荘は音もたてず次第に傾き濁流に浮いて流れた。しばらくは三階だけが流れに頭を出していた。窓から女将が助けを求めたが、大きな瀬に呑み込まれてあっと言う間に消えてしまった。すぐ下流域の町々も、河口に近い大きな都市も大洪水によって甚大な被害を受けた。総雨量は千ミリにも達し、死者が何百人も出た。

紅葉軒は辛うじて流失は免れたが、再起不能に近い被害であった。アキが密かに計画していた温泉宿からの逃避行は、あまりの惨状を目の当たりにして頓挫した。流入し堆積した土砂を取り除くだけでも大変なことであった。柱は何本も折れ、家財道具や調度品は押し潰されたり流出したりで、使いものにならなくなっていた。

　養父母の勇蔵と佐和は、アキが望むなら宿を廃業してしまおうか、とアキの機嫌を窺《うかが》うかのように持ちかけた。菊瀬を離れれば何処いく当てもない養父母は、宿屋業を心から愛していて、この仕事を捨て切れないのをアキは感じていた。養父母は、この地を去りたいと考えているアキの心底を見抜いていたのであった。敢えて身を捨ててアキに身を託した養父母の気持ちがいとおしくなり、アキは宿を何としても続ける決心をした。

　復旧に半年以上かかった。その時の心労で養父の勇蔵は翌年の春、再建した姿を見ることなく他界した。


　菊瀬川の大洪水に大打撃を受けた建設省は洪水調節用のダムを菊瀬川の上流に造ることを迫られた。

　紅葉軒の近くの下流にもダムの建設が決まった。測量が開始され、用地買収が始まるにつれて紅葉軒の客が増えてきた。これまでの湯治客一辺倒から、町役場、県庁、土木事務所、建設省、工事関係会社などの利用が増えて、客筋も一変してきた。九州以外の関東、関西からも来るようになった。

現場工事事務所が設けられ、飯場が出来た。工事が始まると紅葉軒はいよいよ忙しくなった。遠くから出張して来た人、工事の打ち合わせ、慰労、歓送迎会などいろいろであった。紅葉軒は板場を入れ、手伝い人も増やした。アキは温泉宿を捨てるなど、もう考える暇もなかった。

だが、洪水で流失した松風荘の跡地に、紅葉軒の繁盛ぶりを見て若葉館が建てられた。川下の町の材木屋が次男坊のために造ってやったのであった。鉄筋コンクリート造りの四階建てで、団体の宴会も出来る若葉館は、あっという間に、紅葉軒の客を奪った。

紅葉軒はもとのように湯治客と、若葉館から溢れた客を拾う鄙びた宿に戻った。これから頑張ろうと振り上げた拳の下ろしようのない無念を、アキは感じた。養母の佐和はアキより二十五歳年上の四十七歳であったが、アキに輪を掛けた負けん気を内に秘めていた。

大洪水のあと夫の勇蔵を亡くしてからは、何とかアキを一人前の女将にしようと、佐和は別人のように奮起した。明治の中期に開業した紅葉軒が、他所者で新参者の若葉館に負けることは佐和の面子《めんつ》が許さなかった。

アキは後年になって知ったことであったが、養父の勇蔵は幾山も越えた遠くから紅葉軒に腰痛の湯治に来ていて佐和と仲良くなり、そのまま紅葉軒に住み着いた。勇蔵には妻子があり、佐和が勇蔵を奪い取るかたちになった。佐和の両親はそれを大変苦にし、世間に顔向けできない、と隠れるようにして暮した。佐和はそんな両親に申し訳なく、何としても両親の残した紅葉軒を守り抜きたかった。

ある日、佐和はアキに工事現場の各事務所に挨拶回りをしようと言い出した。アキには何のためか咄嗟に分からなかった。

「人の話だけど、若葉館は役場をはじめ関係事務所にしょっちゅう出入りして、お客の勧誘をしている」

佐和はアキに言った。建物の大きさも美しさも違うことを考えると、佐和が目論《もくろ》んでいることはアキには無駄に思えた。

「アキは美人だから、顔を見せさえすればきっと客は集まって来るよ」

佐和はアキの顔を見ずにつぶやいた。

「まあ、お母さんは何てことを」

アキは佐和を睨んだ。佐和は、アキの視線を避けて部屋を出ていった。アキには、口惜しさに耐えている佐和の胸のうちが伝わってきた。

ご機嫌伺《うかが》いの訪問に、アキは最初のうち恥ずかしさと抵抗を覚えたが、重ねるうちに好意ある眼差《まなざし》を感じるようになり、アキは勇気づけられた。

アキの若くて美しい容姿の効果か、客は少しずつ増えてきた。若葉館にない紅葉軒の静けさを好む人もいたのである。宿が小さいだけに家族的な温か味があり、長い逗留を続ける人は紅葉軒の方へ人気が移ってきた。

アキは、ダム工事関係者の間で、菊瀬小町と呼ばれるようになってきた。

その頃、工事事務所の所長が佐和を訪ねて来た。菊瀬川の上流に造るダムの事前調査で、菊瀬川の水位を一年間毎日測定する必要があって、その測定を佐和に頼んだのである。紅葉軒の下の川にコンクリートの水位計を立て、毎日朝六時、正午、夕方六時の三回定時に水位を測定して、一週間ごとに工事事務所に報告する仕事であった。

佐和の誠実で几帳面な性格を見込んでのことであった。いい加減で済む仕事ではない。風雨の中、一日も欠かさず一年間通して行わねばならぬことであった。

アキは、そんな責任と根気のいる仕事は引き受けない方がよい、と佐和に進言した。そんな面倒なことを、アキにはできないと思った。しかし、佐和はアキには迷惑をかけないからと言って、工事関係者に少しでも紅葉軒を利用して貰おうと、その仕事を引き受けた。一年中、一日たりとも留守にすることができなかった。

佐和は毎日定時に川に降りて水位を見た。日の長い時期はよかったが、日が短くなると懐中電灯を持って行った。アキはある日、高校の修学旅行で宝塚歌劇団を見た時に買ったオペラ・グラスを思い出した。あれで見れば、川まで降りずとも水位計を見れるかも知れない、と佐和に渡した。

佐和は喜んだ。だが、雨の日、風の日などは役に立たなかった。大雨の時など増水した濁流のすぐそばまで降りていって、眼を凝《こ》らす佐和の姿にアキは涙した。アキは生きることの厳しさを教えられたのである。

工事関係者の姿は確実に増えていった。佐和は、水位測定の代償と考えられるのが嫌で、料理や調度品を若葉館に負けないように整えた。

一年間の佐和の水位測定が役立ったのか、菊瀬川の上流に洪水調節と発電と農業用水貯留の多目的ダムが造られることが決まった。下流と比べずっと規模の大きなダムであった。

紅葉軒はこじんまりとして静かな環境にあったので、工事の打ち合わせや遠来の人の保養で大繁盛し始めた。

農業も機械化されて農家の主婦にも時間のゆとりが出来、農閑期には紅葉軒にも加勢に来て貰った。だが日本全体が高度経済成長期に突入していて、都会は景気がよく、田舎の若者たちが都会にどんどん吸収されて、ダム工事の人出にも困った。川下の町の医院では五人いた看護婦のうち四人が集団で辞めて都会へ出ていった。残った一人は院長との特別の関係があるのだろう、と噂されるような悲喜劇も起こった。

数年の間、佐和とアキは懸命に働いた。

佐和に少し老いの兆しが見え始めたが、佐和は紅葉軒を新しく建て直すという目標を持って頑張った。その間様ざまなことが起こり、いろんな人々が去来した。

建設省の工事事務所長、県や町の役人は毎年、誰か異動があったので、その度に佐和とアキは紅葉軒利用の挨拶回りに追われた。これは悩みの種であった。気さくで温かく、温和な人もいたが、気難しい意地悪な人もいた。

川下に、昔天領であった水郷と温泉の町がある。そこに天領時代から残っている老舗の旅館の女将から、家訓として伝わる話を聞いたことがある、と佐和がアキに話した。天領だから幕府の命令で代官や役人は毎年のように代わる。その度に付け届けは欠かせなかった。新しく赴任して来た役人の気分ひとつで、どうにでも変わる悲哀を思い知らされた。それでその旅館では、付かず離れずで役人と顧客の接待を今でも守っているという。付き過ぎて裏切られた時の口惜しさと情けなさは、佐和もアキも身に沁みて知っていた。

　佐和が苦労して水位測定をしたことも、しばらくは語り草になっていたが、人は忘れるのも早かった。持病のリウマチが進んで、階段の昇り降りが段々に苦しくなってきた。自分の元気なうちにアキに養子をとっておきたい、と佐和は不自由な体で奔走した。

　若い男が都会に出払ったあとの田舎町には、なかなか良い相手はいなかった。旅館業という仕事が客相手で年中暇なしというようなところがあったし、男子としては全身全霊を打ち込みにくい面もあった。髪結いの亭主か、宿六とか呼ばれるような陰口も聞かれた。それにアキは器量も体付きも良かったので、それに見合う相手がなかなかいなくて、世話する人たちも気を使った。

　アキは面食《めんく》いではなかったが、容貌体格のバランスがとれて、真面目で、養子であることを卑下しないような性格であればよいと思っていた。それと、あまり酒を飲まない人がよいと考えていた。酒乱に苦労する姿は嫌という程見てきたし、宿の主人が大酒飲みであったら仕事にならなかった。いろんな話が持ち込まれたが、双方一致することは難しかった。アキも三十歳近くになっていた。

　お盆の休暇に里帰りしていた、アキの母校でもある高校の野球部ＯＢの同窓会が紅葉軒であった。部の大先輩で役場に務めている人が、アキの婿探しのことを知っていて、大阪の銀行に勤めているアキより二年上の谷原時雄がまだ独身であることを知ると、積極的に動いた。

時雄は農家の次男坊であった。時雄のことはアキも知っていた。背が高く、細面のすっきりした顔立ちで、アキは密かに憧れていた人であった。田舎を出て大都会の大阪の一流銀行に勤めていれば、とても田舎に帰って来ることはないと思っていた。アキは、時雄であれば結婚してもよい、と仲に入ってくれた人に伝えた。

話はとんとん拍子に進んだ。

時雄も前からアキに好意を持っていた。都会の銀行員という花形の仕事をかなぐり捨てて、田舎の宿屋の亭主になることが狭い町の話題となった。似合いのカップルと称賛する者もいれば、やっかんであらぬ噂を立てられたりもした。

だが、アキと時雄は幸せな結婚生活を送った。時雄には都会の喧噪よりも田舎の静穏が合っていた。旅館業という仕事も好きなようで、細かいところに気がついた。喜ばれることに喜びを感じる、といった男性には珍しい優しさを持っていた。

旅館業が少しわかってくると時雄は、宿の主人になるには、料理のことを摑んでおかないと駄目と福岡近くの大きな旅館へ見習いに行くと言い出した。アキも佐和も内心嬉しかった。時雄自らが感じとってくれたことが有り難かった。

その出発を数日後に控えた早春の暖かい陽射しの午後、昼食を済ませた時雄は、バス停に届いていた瀬戸物の器を取りに行こうと自転車にまたがった時、ダム工事のダンプカーにはねられて即死した。ほんの二分前に佐和とアキと時雄の三人で、テレビの『スチャラカ社員』を見て大笑いした直後であった。アキには時雄の死がどうしても信じられなかった。

時雄を死なせたのは自分だと、アキは自責した。後を追って死にたかった。アキと一緒にならなければ、大阪から帰って来なければ、時雄をこんな目に遭わせなかったのに、と苦しんだ。

客相手の旅館業に嫌気が差し、自暴自棄になりかけたところに、若い梅子と良枝が手伝いに来てくれたのである。まだ二十歳そこそこの娘が、紅葉軒のような古びた宿で働いてくれるなど、アキには信じられなかった。

梅子も良枝も若く溌剌としていて無垢《むく》であった。傷心のアキを救うために舞い降りた天使のようであった。アキの悲運を噂で聞いていたであろうが、言葉には一斉出さず行動で癒やしてくれた。

早朝から夜遅くまで二人は小鳥のように楽しく働いた。明るく活発ではあったが、無駄口は利かなかった。二人の働きで紅葉軒の評判は上がっていった。そのような矢先に、若葉館から板場を引き抜かれ、そのうえ泉源が枯れた。

二重の衝撃で、佐和もアキも行き詰まった。

旅館の廃業までも考えていたのを救ってくれたのは、梅子と良枝の健気な頑張りと激励と、後に板場になる古賀夫婦の助けであった。

泉源も復活し、板場に古賀を見つけ出し、危機を脱した。

後年になってアキは梅子と良枝のことを思い出すと、あの二人は本当に紅葉軒で働いていてくれていたのだろうかと不思議に感じる程、夢のような良い子たちであった。

騒動も落ちついた数年後の、早春の野焼きの頃のことであった。この地方ではあの頃はまだ農作業に牛馬を使っていて、良い飼料を得るために春先に野山の野焼きをすることになっていた。

昼食のあとのお茶を飲んでいる時、良枝が、

「昼に茶柱が立つと不幸が起こるというが、今日は父ちゃんが野焼きに行っているけど、怪我でもしているのじゃなかろうか」

と、自分の湯呑に立った茶柱を見て、あどけない笑顔で言った。

それを聞いた佐和が、

「良枝ちゃん、なんという縁起でもないことを言うの。言い当てることもあるのよ。さあ、そのお茶を捨てなさい」

と良枝をたしなめた。

それから三十分ほどして村の半鐘が鳴り出し、消防団が呼び出された。隣村の野焼きで煙に巻かれて逃げ遅れ、落石の下敷になって死者が出たとのことであった。それが良枝の父親であった。

梅子と良枝は五年程勤めて、二人とも紅葉軒から嫁に出したかたちで結婚していった。板場に古賀が入ってからは、二人に礼儀作法から料理など厳しく躾けた。あまりの厳しさに、二人が陰で泣いているのをアキは知っていた。古賀は、二人を本当の娘のように心から可愛いく思っているのをアキは感じていたので、黙って見ていた。特に良枝が不慮の事故で父親を失ってからは一段と厳しく鍛えた。自分に子供のいなかった古賀は、二人に本当の愛情を注いでいた。

客の少ない日など、早く仕事を終え、風呂場の掃除も済ませてアキと梅子と良枝がテレビを見ていると、古賀がわざわざ残ってくれて、飛び切り旨い寿司を握ってくれたりした。あの頃の紅葉軒は、古く小さいながらも、一番充実していたのではないか、とアキは何時も思うのだった。

時雄を失ったことを、一時的にしろ、二人は忘れさせてくれた。

梅子と良枝が去って数年経った頃、佐和が旅館を増新築することを思い立った。ダムや砂防工事も上流の方にあと二、三予定されているようであったし、ダム工事で道路が整備され交通の便もよくなって、遠くからも客が来るようになった。秘境であった菊瀬温泉も一般的に大分知られてきていた。

道路が良くなったことで林道としての役割も果たすようになり、奥地の山林開発もすすみ営林署も新しく置かれるようになった。

佐和はしたたかであった。

アキを養女に貰い受けた時の粘り、客を若葉館から取り戻すためにアキの美形ぶりを利用した要領、建設省関係の客に来て貰うため一年間水位測定した忍耐、泉源が枯れた時に真夜中に湯を運んだ体力、大洪水のあとの復興に見せた頑張りなど、アキは思い出していた。

紅葉軒は明治中期の開業であったので、建築後七十年以上経っており老朽化してきていた。近い将来日本にレジャー時代が間違いなく来る。その時にはこの古い建物では通用しない、と佐和は敏感に感じ取っていた。

トイレを水洗にして各部屋に付ける、宴会や食堂の専用室を設ける、露天風呂を作るなどを佐和は提案した。アキは驚くばかりであった。佐和がアキより何倍も遣り手で、先の見通しの利くことを、アキは思い知らされた。

時雄の死後数年、アキの取った言動から、宿屋業を継続していく意志がアキに根付いたのを、佐和は見逃がさなかった。

アキは、佐和に自分の心の底を読み取られたことで、佐和のしたたかさをまた思い知らされた。

営業を続けながらの増新築であったので完成までには長い時間を要した。

旧館の倍以上の大きさになったので大変な費用がかかった。アキが驚いたのは、長年旅館業を経営していながら佐和には殆ど金銭の蓄えがなく、全てが借金で建てられたことだった。

アキは肩の荷が重かった。

「お母さんは、こんな重い荷を私に背負わせて」

アキが佐和を責めると、

「アキさん、心配せんでもいい。利息さえ払えれば、あとは歳月と時代が支払ってくれるよ」

佐和はけろりとして言った。

三

菊瀬川の川面に紅葉軒の白い瀟洒《しょうしゃ》な建物が映って、さざ波でかすかに揺れる。

旧館の木造三階建てから、鉄筋の白い四階建てのビルディングに建て替えると佐和が言い出した時、アキはとてもこんな山峡には似合わないと思って心の中で心配していた。だが、出来上がってみると佐和の言う通り、緑深い山々と菊瀬川の清流に溶け込み、見事な美観を呈していた。四季折々のどの季節にも、雨の日にも晴れた日にも不思議に調和したし、年月が経つ程にますます美しく落ち着いた姿になっていった。

そんな建物をアキは時々、不思議なものでも見るように見詰め続けることがあった。

佐和には将来を見通す眼力があったのだろうか。莫大な費用のかかった建物も佐和が言った通り、日本が高度経済成長期を突き進んだために物価は上昇、貨幣価値の変動で、借金も相対的にあまり負担に感じられなくなっていった。

あの頃、佐和が客から聞いた話をアキにしてくれたことがあった。

川下の町のバーで、その町のある病院長と料亭の主人が、ともに最近建てたビルディングがどちらが大きく、どちらが沢山銀行から借入れをしたかを言い争って、最後は殴り合いの喧嘩になった。翌日年下の料亭の主人の方が大皿一杯の刺身を持って病院長に謝りに行ったという。町で一番度胸があり、スケールが大きいのはどちらかという争いであった。

その話を佐和にした人は、どちらも佐和の半分ぐらいしかない建物で、借金の額も佐和の足許にも及びもしないと言って笑った。日本中が建築ラッシュを迎え、佐和が新築した数年後には、建築費は倍にも跳ね上がっていた。そんな先の見える佐和にも、婿養子にした時雄の事故死だけは全く予測できなかった、と陰で嘆いているというのをアキは聞いたことがある。

川面に映る紅葉軒の建物に見惚れていたアキは、階下から仲居の房江の呼ぶ声で我に返った。午後から、新しく赴任してきた営林署の署長に挨拶に行くことになっていたのをアキは思い出した。

今度の人は、優しくて温かい心根の人であって欲しい、とアキは願った。

佐和が巧くやっていたお得意回りを、リウマチで体が不自由になってからはアキが代行するようになっていた。笑顔をつくって佐和の傍にただ立っていればよかったのとは大違いで、相手の性格や好みを目敏《めざと》く見て取らねばならなくなってから、アキは客商売の難しさ、切なさを嫌というほど感じていた。

次々に去って行く人への未練や哀惜の暇もなく、次に新しく来る人への媚《こび》と接待の日々が待っている。応対ひとつの失敗で客を失うこともある。佐和もアキも何度かその辛酸を舐めてきた。水商売の不安と悲哀を一番感じる時でもあった。だが、房江が紅葉軒の仲居になってからはアキの負担も大分減ってきた。

房江はアキより十歳程上で、客扱いが丁寧であった。表面だけでなく、心から客を持て成す気持ちがあって、客に先入観を持たず積極的に接した。新しい客と接する時、どんな人間に会えるかを楽しみにする瑞々《みずみず》しいところが房江にあった。房江は紅葉軒が新築して間もない頃、突然訪ねて来て、どうしても雇ってくれと言ってきかなかった。

若くて元気一杯の梅子と良枝の二人が嫁にいって、建物は新しくなったが従業員が足りなくて弱り果てていた時であった。人手はいくらでも欲しかった。房江は名前以外のことを、どうしても明かそうとしなかった。どこの誰かも判からない者を雇い入れる訳にはいかなかったが、佐和は房江と面談して、とにかく申し入れの通りに使ってみることにした。

房江は客商売は全くの素人であった。

だが、頭の回転も、呑み込みもよかったので、客扱いは見る間に上手になっていった。客に接する時、心の中に、旅人を持て成すという気持ちを持っていた。育ちもよく、教養もあるように思えた。なにか訳柄があるのは間違いなかったが、佐和もアキもそれを詮索しようとはしなかった。房江は佐和の絶大の信頼を得るようになり、仲居頭になった。人柄のよい房江の元には、良い仲居が自然と集まってきた。

その頃、アキは時雄を亡くして十年近くが過ぎていた。心に忍び寄る淋しさと涸渇感。房江が来てくれて心の重荷が緩和されたのか、大阪から来ていた建設会社の社員と密かに恋に陥っていた。

矢部というその男は、アキより五、六歳上の四十代半《なか》ばで、妻との間に子供はいなかった。どこか時雄に似た雰囲気があった。

四十代になったアキに、佐和は何とかもう一度養子を探そうとしたが、アキの年齢にふさわしい男はなかなかいなかった。いても、枯れて魅力がないか、訳柄ありか、脂ぎったおぞましい男たちであった。

佐和はアキの恋愛を知った時、内心ではむしろ安堵した。アキは所詮田舎育ちで都会には住めないこと、新築になった紅葉軒を捨て切れないことを佐和は確信していた。女性で四十代ともなれば、恋愛できる最後の年齢である。が、その花火はそう長く続くものでないことを佐和は知っていた。

転勤した矢部の後を追って大阪に出奔するのを、佐和は敢えて止めなかった。

「帰って来るのを待っているよ。アキはこの温泉を、そして旅館業も捨て切れない。この山峡があなたに一番似合うのよ。関西の旅館に修業に行っていることにして置くから」

と見送った。別離の涙も見せなかった。女の業を温かく包み込んでいた。

房江も事情を少し察知しているようであったが、言葉少なに、

「しっかり修業して来て下さいね。あとはお守りしていますから」

と笑顔で見送った。

矢部が大阪港近くの下町に木賃宿をとってくれていた。

煙突が林立して昼でも暗いようにもくもくと煙が出ていた。港には大小の船が頻

繁に出入りし、汽笛が鳴り、大きなトラックと三輪車、自転車が道路を所狭しと走り、町は活況を呈していた。町も人も忙しそうに走り回っていた。同じ日本でもこんなに違うものか、とアキは早くも菊瀬温泉を懐かしく思い、とても住める所でないことをひしひしと感じ始めていた。

矢部は夜八時頃に気忙《きぜわ》しそうにやって来ると、すぐに戻っていった。菊瀬温泉でアキに見せた情熱や行動は忘れてしまったようになっていた。疲労困憊しているようで、顔色も悪く痩せてきていた。木賃宿の主人や泊まり客に勘付かれないように、港の近くの夜の公園で逢うようになった。矢部の会社は木賃宿に近い所にあるらしく、アキと逢っている間も終始周りを気にして落着きがなかった。

昼間アキは、仕事があるように見せるため宿を出て、街を歩き回ったり映画を観たり、パチンコをしたり、公園から港をぼんやり見て時間を潰していた。妻と別れてアキと所帯を持つと言った約束を、矢部の言動からはとても実現出来そうにないと、アキはとっくに見抜いていた。アキを騙《だま》したのではないことは、矢部の表情からも分かった。どう収拾したものか、と途方に暮れているようであった。男らしくない弱々しい矢部の姿を見ていると、アキは恋情が次第に醒めていくのを感じた。

矢部に、私のことでそう気に病むことはない、とアキは言ってやりたかった。矢部と恋をして、その結果、結婚して所帯を持ちたいと熱望していたのではなく、誰かと恋をすることに恋をし、恋に憧れていただけの自分にアキは気付いた。自分を冷たい可愛げのない女と思った。

妻と別れるのに時間がかかりそうなので、どこか料亭に住み込みで働きながら待っていてくれないか、と矢部に言われた時、アキははっきりと断って帰郷すべきであった。その時、アキの脳裏を一瞬過《よぎ》ったのは、今帰れば佐和の思う壺に嵌《は》まってしまうという思いであった。もう少し佐和にも心配させねば、とアキは意地悪に考えた。

翌日の夕方、矢部はアキを連れて道頓堀の蟹料理専門の料亭に行った。女将はアキを見て、少女のような面影を残した清麗さに驚き、出身地や名前など聞くことなく、その場で雇い入れてくれた。大阪などの都会では、何処の誰かなど問題でないことは、この一ヵ月住んでみて分かってきていた。

「矢部はんは、うちの大得意はんや。大きな建設会社の社長のいとはんに婿入りしたんですわ。社長はんにもう直《じき》ならはることは間違いおまへん。けど、子供さんが生まれへんで困ってはるて噂ですわ。どうも奥様の方の体に欠点があると噂されてますんや。矢部はんはお固い人で、女の噂も聞きもしまへん。今が一番大切な時期なんや。よろしゅうたのんまっせ」

女将はアキに意味ありげな視線を投げ、薄ら笑いを浮かべた。

矢部が大きな会社の跡取りの婿とは、アキは知りもしなかった。

その翌日の昼下がり、アキを三十代半ばの色白のほっそりした和服の女性が訪ねて来た。

アキは瞬間的に矢部の妻であると感じた。体が硬直し、震えが止まらなかった。和服の女性も顔面蒼白で言葉がよく出なかった。上品で奇麗な女性だとアキは思った。

「矢部は北陸の貧しい農家の出で、金の卵あがりでしたの。それを父が見込んで高校、大学を出してやって、私の婿にしましたの。私たちは巧く行っているんですけど、不幸なことに子供が生まれません。それで、ついこの頃、親戚の男の子を養子に迎え入れることが決まりましたの。夫と別れて下さい。弁償はどんなことでもします。私と別れたら、夫はただの人になります。私も世間の物笑いの種になります。何とぞ、後生《ごしょう》だから別れて下さい」

アキに哀願した。

佐和への面子だけでアキは大阪に残っていたのであった。

「大阪の風は、私みたいな田舎者には合わないし、矢部さんにそんな事情があったことも全く知りませんでした。ご心配なさらなくても、数日したら故郷に帰ります」

アキは率直な気持ちを話した。大事など起こしたくなかった。

矢部の妻はどうしても矢部とアキを交えてすっきりしておきたいから、明日の正午に自宅に訪ねて来て欲しいと、住所と地図を書き置いていった。矢部は奈良に出張していて、連絡がとれなかった。アキは矢部の家を訪ねる勇気はなかった。このまま菊瀬に帰りたかった。

だが、矢部の妻の切実に訴える瞳を思い出すと、はっきりと決着を着けて帰った方がよいと考えた。このままにして帰ってしまえば、矢部の妻からは、矢部とアキの間がまだ続いていると思われても仕方がなかった。

アキはさっぱりしていたので、何事も後に尾を引いて思い悩むことはしたくなかった。

どんな弁償でもするとは、どんなことなのだろう。別れて貰うために、手切れ金をアキに渡そうというのだろうか。男女間の痴話解決にお金が動くことは、宿屋業をしていれば、これまでもいろいろな話は聞かされていた。だが、アキはそんなことは絶対したくなかった。もし、そんなことをしたら、佐和はそれこそ烈火の如く怒り、アキを勘当するだろう。

秋風が吹き始めた芦屋の高級住宅街をアキは地図を見ながら怖ず怖ずと歩いていた。

空には高い所に薄い鱗雲が棚引いて、住宅街は静寂に包まれていた。時々、ピアノの音がかすかに聞こえた。菊瀬の山深い所にある、気の早い紅葉はもう紅く色づき始めているのではないかと思うと、アキは一人微笑が漏れた。

いくつかの角を曲がって地図にある山の手の矢部の家に近づき顔を上げた時に、正面の家にパトロールカーと救急車が来ていて赤色灯が回っていた。警官や人々が家の周りを忙《せわ》しく動き回っていた。

矢部の家であった。

アキは凍ったように立ち尽くした。救急車が立て続けに二台出ていった。

「何が起ったのですか」

矢部の家から出て来た近所の奥さんらしい人に、アキは声を震わせながら尋ねた。

「矢部はんの親戚の人が、朝から電話をするけど応答がないので来てみはったら、矢部はんご夫婦がガス中毒で倒れてはったので、今救急車で運び出したとこなんですわ。二人とも駄目みたいですわ。可哀そうに。なんでまたガス中毒など起こさはったのやろ。仲の良い夫婦やったのに」

と狐につままれたような顔でアキに答えた。

アキは体が地底に吸い込まれるような感じになり、日傘を持ったまま屈み込んだ。

「どうしはりました。矢部はんの知り合いはんか」

とアキを抱きかかえた。

「いいえ、もともと低血圧症なのに、あの救急車の赤色灯とサイレンを聞きまして、少し気分が悪くなっただけなので」

アキは応えると、ゆっくり立ち上がり、礼もそこそこにその場を離れた。

結局、蟹専門の料亭には一日も勤めることなく、アキは逃げるように菊瀬に帰った。


夕方、お客を迎えに出ていた佐和はアキの顔を見ると、美容室から戻った人でも見るような感じで、一寸アキの顔を舐め回した。

「お帰り」

あっけらかんとした声に戻り、

「アキ、あとのお客さんはあなたがお迎えしなさい」

奥へ引っこんだ。

だがその後姿は、喜びと緊張で固くなっているのがアキにはわかった。

アキはやつれ果てていたが、佐和も房江も申し合わせでもしていたかのように、そのことを口にしなかった。

大阪では秋たけなわであったのに、菊瀬の山奥の高い峰では紅葉が始まり、秋の終わりが近かった。山峡の鮮やかな秋色が、打ちのめされたアキの心身を少しずつ癒やしてくれた。自分には都会の喧噪は全く合わないことを一ヵ月半の大阪暮しで、アキは嫌という程知らされた。あれは悪夢としか考えられなかった。

その年は川霧が特に深く、紅葉は例年になく目に染みるように美しかった。朝霧籠《こも》りだろうか、霧がアキの秘密の大阪行きを隠蔽してくれたかのように、噂にのぼることもなく終わった。

翌年の早春の頃、佐和はいつになく畏まってアキに話しかけてきた。アキに養女を迎えることを決めた、と佐和は言った。昨秋のアキの大阪出奔が決着したことが、アキを女性としての安定した精神状態に導いたものと佐和は考えた。

佐和の計算高さにアキは一瞬鼻白む思いであったが、昨秋から冬にかけてアキが考えていたのも、紅葉軒の跡継ぎとして佐和がしたように、アキもぼつぼつ手を打たねばならないということであった。

宿屋業を体で覚えさせるには、子供の頃に養女に貰った方がよい、とアキも自分の経験から考えていた。しばらく考えさせて欲しいという言葉を呑み込まざるを得ないような圧迫感をアキは佐和に感じ、即座に承諾せざるを得なかった。

アキには昨秋の後ろめたさもあった。

佐和には何もかも見透かされているのを、アキは感じた。佐和が養女に考えていたのはアキの姪にあたる葉子であった。

葉子と聞いて、アキは声を上げる思いであった。何度か紅葉軒に遊びに来たことを覚えていた。葉子の母親はアキの末妹である。葉子は、実母よりアキに似ていると佐和が驚いていたことを思い出した。アキが十五歳の時に紅葉軒の養女に入った頃、葉子の母はまだ五歳であった。アキはよく遊んでやっていたことを覚えていた。

アキの末妹の夫は菊瀬川の河口の町で、木工所に勤めていた。豊かな暮しではなかったが、明るい幸せな家庭だった。四女がいて、葉子はその次女であった。アキの時代のように子供が多く貧しい暮しであったなら、自ら養女に出る気持ちが起こるかも知れないが、この豊かで便利な時代に、また家族で仲良く暮している子が山深い温泉宿に来てくれるだろうか、アキは疑問に思った。そのことを佐和に確かめた。

「豊かで便利になったからこそ、こんな山奥にでも来てくれるのよ。道路もよくなって、車さえ持っていれば、ここから葉子ちゃんの町まで二時間もあれば行けるじゃない。豊かな時代だからこそ、人はさらに豊かさを追求するのよ。今でもサラリーマンの給料なんて高が知れているのよ。宿屋業は仕事もきついし、自由時間もないけど、好きでやればこんなに面白いことはないし、お金も自由になるものね。大丈夫よ、なんとか説得してみせるわ。葉子ちゃんは、美しい伯母さんのあなたに憧れているのよ」

こともなげに言った。

葉子から憧れの対象になっていたなど、アキは露も知らなかった。佐和のことだから、既に葉子を手なずけているかも知れないと思った。

アキが佐和に連れられて、葉子の両親の元へ正式に挨拶に行くと、話はあっけなくまとまった。葉子のアキに対する映画スターへの憧れみたいな心が大きく作用した。そんな他愛のないことでよいものかとアキは心配した。葉子の両親も、子供を近所に遊びにでもやるような気軽い態度で、躊躇や感傷はなかった。

その年の中学に入学する新学期から、葉子は紅葉軒に移って来た。

最初の一週間、葉子は元気で明るく、親元を離れた中学一年生の少女とは思えない程であった。昔、アキは貧しい家庭から解放されて、心の中では嬉しかったのだが、それを表情に出すことができなかった。

しかし葉子は、一週間経った頃から家族を恋しがって、隠すことなく顕《あら》わに泣き続け、家族に電話を掛け手紙を書いた。

葉子は、佐和とアキを手子摺《てこず》らせた。

悲しみようがあまりにあからさまだったので、佐和はそれがまた可愛くて堪らないようであった。佐和は、アキには見せたことがないような表情で、葉子を可愛がった。アキは葉子を見ていて、自分は可愛げのない子であったとつくづく思う。

家族と離れても涙一滴流す訳でなく、家族に手紙一本書いたこともなかった。それは佐和には健気な感心な子に見えたかも知れないが、アキは正直、貧しい大家族から解放された喜びに充ちていた。頭のよい佐和のことだから、アキの本心を読み取っていたに違いなかった。アキは心底から葉子が羨ましかった。嫉妬さえ覚えた。そして、葉子は自分よりずっと優しい心根の持ち主だと思った。

それだからこそ、葉子は自分より人間的に信頼できる、とアキは考えた。佐和も葉子に対して、そのような美点があることを感じており可愛く思っているに違いなかった。

アキは、感情に素直な葉子をわざと突き放して扱った。

「母親は私なのですから、葉子を責任を持って育て、躾もしなくてはならないので、猫かわいがりは止めて」

アキは佐和の溺愛ぶりと衝突した。

「今は時代が違うから、あまり厳しく言って、家に戻られたら困る。葉子は本当に心から優しいのだから、徐々に慣れて貰ったらいい」

アキの心を見透かすように笑いながら言った。

葉子は、女学生が寄宿舎生活でもしているかのように、土曜日になると河口の家族の待つ家に帰るようになった。

そして、日曜日に佐和はわざわざ葉子を迎えに行くようになった。

四

秋になると、紅葉は何故あのように美しい色に変わっていくのか、秋が巡る度《たび》にアキは考えるのであった。春に小さな芽を吹き、葉が開き、夏の厳しい陽射しを受け、秋風に揺れながら次第に紅、黄、橙、褐色と様ざまな色に変わり静かに散っていく。樹々の葉々の紅葉化現象も、人間の一生のように老化というか退化現象であろう、とアキは考えていた。本当に奇麗な紅葉は葉が紅くなるにつれて段々薄くなり、透き通ったように変化していく。それは掌《てのひら》に乗せて、そっと頰摺《ほほず》りしたくなる程に美しい。老化現象であんなに奇麗になるものだろうか。佐和の晩年は、今から考えると美しい紅葉に似たところがあった、とアキは思う。

佐和は、五年前のそれこそ紅葉のさかりに息を引きとった。

十一月中旬の川霧が深く初霜の降りた寒い日だった。佐和の部屋のガラス戸を開けると霧が烈しく流れ込んできた。床の中から佐和がそれを見て、

「今年の秋も、今日でそろそろ終わりだね。今年は何年ぶりかに奇麗な紅葉だったね」

溜息をつくような、か細い声だった。

アキと葉子で佐和に朝食を摂らせた。ほんの少ししか食べなかった。

食事を終えると佐和はアキと葉子の手を取り、有り難うと言って、しばらく手を離そうとしなかった。この五年ほど、佐和はリウマチが悪化して寝たり起きたりの生活だったが、意識はしっかりしていた。一ヵ月ほど前から、風邪をこじらせて食欲がなかったので週に二回の割りで医師に往診して貰い、ブドウ糖の点滴だけを受けていた。入院を勧められたが、どこも我慢できないほど痛くないし寝ていればどうということはないので、この部屋から紅葉を見ていたい、と断った。医師は笑って、それでも結構です、それでは往診に来ましょうと佐和の意に任せた。

病床に臥せがちになっても佐和は、いつも微笑を湛《たた》えていた。もともと男のようにさっぱりした気性であったが、一層物欲とか我執とかいうものから離れていた。アキにはそれが淋しかったが、佐和が精一杯に生きて来たからこそ辿り着いた境地なのかも知れないと思った。

リウマチを長く患うと貧血になり、色が白くなると医師から聞かされてはいたが、佐和の顔はほんのりと赤みを帯びて透き通るようで、皺も伸びたように奇麗になって、アキと葉子を驚かせた。

川霧が川面から次第に消えて、薄陽が射しかけた頃、

「お母さん、一寸来て、鯉ケ渕《こいがふち》が大変よ！」

と葉子がアキを呼びに来た。鯉ケ渕は紅葉軒の百メートルほど川上にある川瀬が流れ込んで渕になり、大きな落葉樹に囲まれて鬱蒼として不気味なほどの深渕であった。巨大な鯉が棲むという伝説があった。

川霧が消えて玄妙な秋陽が射し始めた鯉ケ渕を見ると、まるで鮮血が溜まったように赤く、光の当たり具合では炎が燃え上がっているようにも見えた。

「なに、あれ！」

アキが叫んだ。

「鯉ケ渕に散り溜まった紅葉よ。まるで血みたいだね。おばあちゃんに見せよう」

葉子が佐和の部屋に走った。

「お母さん、おばあちゃんが大変！」

葉子のかん高い悲鳴は、佐和の死を知らせるものだった。佐和は苦悩の表情もなく、眠ったように眼を閉じていた。紅葉軒に来て四十年近くもなるのに、あのような紅葉の溜まりを見たことがなかった。

あれは佐和が死の瞬間に、この世の後継者のアキと葉子に見せてくれた目眩《めくるめ》くよ

うな心の光芒の形見ではなかったのか。佐和の死からアキは毎年、晩秋近くになると注意深く鯉ケ渕を眺めているが、あのような現象は終《つい》ぞ起こらなかった。

階下から房江がアキを呼ぶ声が聞こえた。

「女将さん、今日は葉子さんが神戸から帰って来る日ですけど、隣町のバス停まで迎えに行ってきましょうか」

房江がアキの顔色を窺《うかが》うように、そっと言った。

「私の言うことも聞かずに出て行ったのだから、敷居が高いことでしょう。でも葉子と加代ちゃんのコンビのことだから、けろりとして帰って来ますよ。放っときましょうよ」

アキは忌まいましそうに言ったが、声は明るかった。

神戸から、宝石と貴金属製品を二ヵ月に一度の割りで販売に来る平塚という男性と葉子が仲良くなり、一週間前から葉子は加代と二人で、平塚の招きに応えて関西へ遊びに行っていた。平塚は葉子と結婚したいらしく、両親に会わせたいと言っていたという。

夕方アキが客室の準備の具合を点検して帳場に戻ると、葉子と加代が疲れ切った冴えない顔で座っていて、房江がお茶を出していた。板場の古賀も顔を出していた。

「ねえ、おばさま聞いて頂戴。平塚さんったら、葉子と私とで訪ねたら、伯父さんが亡くなって東京に行かねばならなくなったと言って、スケジュール表だけ渡したのよ。伯父さんが死んだというのもどこまで本当だったのかしら。私たちが本当に訪ねたものだから驚いて、嘘を言ったのよ」

加代がうんざりしたように吐き捨てた。

「加代、それは言い過ぎよ。平塚さん、ちゃんと喪服を着ていたじゃない。嘘でなく、本当に伯父さんが亡くなったのよ。顔色も悪かったし」

葉子は加代を睨んで言った。

「だって、駅前から電話した時は何もなさそうだったじゃない。家だって大きな邸宅に住んでいると威張った口ぶりだったのに。なによあれ、いまにも壊れそうな安アパートじゃない。旅から旅へ宝石を売って回りながら、酒と女に溺れまくっているという噂は本当よ」

加代の口調はますます苦々《にがにが》しくなった。

「加代、平塚さんのこと悪く言わないで。私たちが頼んだスケジュール表の通りに、ちゃんと宿もとっていてくれたじゃない。家はきっと、ご両親の家が大邸宅なのよ。なによ、酒と女に溺れまくってなんて下品な。それは加代の彼のことでしょう」

葉子がやり返した。

「まあ、まあ、無事に帰って来ただけでも、よかったじゃないですか」

古賀が中に入った。

「それで、関西旅行はちゃんとしてきたのでしょうね」

房江が二人の機嫌をとるように尋ねた。二人は同時に頷いた。それを聞いて、アキと房江と古賀が笑った。それにつられて葉子も加代も笑い出した。

葉子と加代は仲の良い双子の姉妹のようである。

三年前、二人は短大を卒業すると揃ってアメリカで半年間のホームステイをすることにした。二人が同じ家では意味がないので、同じ町で別々の家庭にした。アキは、ホームステイは大変だからツアーに組み込まれてのアメリカ観光旅行だけにしたらと言った。二人とも、そんなに英会話が上手とも思えなかった。だが二人は、アメリカの実生活を知るためにホームステイを望んだ。今の若い人は本当にタフで恐れを知らない、とアキは舌を巻いた。

葉子はテネシー州の田舎町の警察官、加代は小学校教員宅にした。ところが着いて三日目に、葉子の方の奥さんが交通事故で足を骨折して入院したので、乳呑み児のお守りを葉子がしなければならなくなった。加代は加代で、おばあさんが脳出血で倒れ、若夫婦は共稼ぎをしていたので加代がずっとおばあさんの面倒を見なければならなかった。二人が楽しみにしていたディズニー・ランドもグランド・キャニオンも、ナイアガラの大瀑布も見ずじまいだった。二人は子守りと老人の看病に行ったようなものだった。人の好い二人は、困った人を見捨てて置けなかったのである。

ホームステイは、大邸宅を持った金持ちがボランティア的に受け入れるものかと思ったら、欧米では家計の足しにするため普通の家でも行うことを、アキはその時、初めて知った。

房江が言ったのは二人のホームステイのことを思い出して、肝心の観光見物もせずに帰って来たのではないか、と揶揄《やゆ》したのであった。

平塚のことを聞きながらアキは、昔大阪に訪ねていった矢部のことを思い出した。矢部と紅葉軒で知り合いになってから、矢部は建設会社の平社員とばかり思っていた。だが、大阪で聞けば、大会社の跡取りの婿養子であることを知らされた。

普通、女性を惹き付けるためには、男は実際の自分より誇大に宣伝することが多い。大邸宅の御曹子《おんぞうし》と偽った平塚と、大会社の跡取りであることをひた隠した矢部とはどちらが女性に対して誠実であったのかとアキは考えた。身の上を明かせなかった矢部は精神的に大層苦しかったであろう。もし、アキを好きにならなければ、大会社の跡を継げたであろうし、死なずとも済んだのではなかろうか。矢部の妻もアキが出現しなければ、養子を迎えて幸せな生活が送れたに違いなかった。

大阪から銀行員を辞めて紅葉軒のアキに婿入りし、交通事故で死んだ時雄もそうであった。あのまま勤めを続けていれば平穏な生涯を送り、今頃は支店長でもしていて、あとは定年退職して、悠々自適の生活を送れたかも知れない。五十を過ぎて髪に少し白いものが混じりだしたアキは、昔のことを思い出すと胸が痛むことがある。

房江のことは、佐和が亡くなる二年前に知らされた。和歌山市の裕福な会社経営者の家の生まれで、女子大学を出ていた。卒業三年目に、地方の国立大学の土木科を出て建設省に勤めていた夫と結婚した。結婚後十年経った頃に夫は宮崎県の山奥のダム建設現場に派遣された。ダムは大工事で長い年月を要した。房江の夫は優秀な技師だったので、難工事の現場を離れることが出来ず十数年が過ぎた。房江は宮崎県の山奥に一度も足を運んだことがなかった。ある日、夫から手紙が来て、地元の女性と結婚したいので離婚して欲しいと書かれてあった。房江は驚愕《きょうがく》動転したが、相手の女性がしがない温泉宿の仲居と聞いて、プライドが傷つけられ、訴訟を起こすことなく離婚を承諾した。手紙の遣り取りだけで、不潔と軽蔑した夫とは一度も会うことなく別れた。

房江は子供を育てあげ独立させると、長い間思い悩んでいたことを敢然と実行したのであった。

それは夫が十数年間も住んだ山奥の生活がどんなものであるのか、地元の女性と一緒になった夫の心境がどんなだったのかを知りたくて、そのような淋しい山奥の工事現場に近い温泉宿を探して紅葉軒に勤めたのであった。

房江が休みの日には、山菜採りと言って、山奥の工事現場の近くまで足を延ばしているのを、アキも知っていた。

山奥に行けば工事現場があり、そこに労働者や技術者の飯場があり、そこで皆寝泊まりをしている。紅葉軒などの温泉宿に来るのは、慰労会か大事な打合せ、業者の接待などで、大半は山奥の淋しい生活であった。

房江は紅葉軒に来る工事関係者や飯場を見て、夫の苦労と、どんなに淋しかったかが初めてわかった。一度も夫の元を訪れなかった自分の冷たさを悔やんでも悔やみ切れない、と佐和に訴えたという。

アキは房江のそのような訳柄《わけがら》も知らないことにしていた。人間にはそれぞれ秘《ひ》められた過去が一つや二つはあるものだ。アキが大阪に出奔する時、温かく見送ってくれたこと、お客に優しく接する房江の心情がよくわかった。

関西から帰った後、アキが風呂から上がって床に就《つ》こうとしていると、葉子が部屋に入って来て神妙に言った。

「お母さん。平塚さんはね、加代ちゃんが言うようには、悪い人ではないんだけど、頼りになりそうにないので、もう交際するのは止めるわ」

「まあ、葉子ちゃん、よく決断したわね。平塚さんは、やはり関西の人だから、ちょっと遠すぎるしね」

アキは慰めにもならない言葉で同調した。アキは葉子がいじらしかった。

葉子は葉子で、紅葉軒を自分が継がねばならないことを自覚してきていた。

二年前、平塚と知り合う前に葉子には滝という恋人に近い友人がいた。葉子が河口近くの自動車運転教習所に通っていた時に知り合った美容室の助手をしている男であった。休日ごとに紅葉軒に遊びに来ていたが、細面、細身の体でありながらどこに入っていくのだろうと思うぐらい大食漢であった。葉子は滝の大食ぶりを見ながら手を叩いて無邪気に喜んだ。アキはそんな二人をはらはらしながら見守っていた。大食のあと滝は必ず大きな鼾を掻いて眠り込んだ。あどけない寝顔を見ていると、滝は悪い人間ではない、とアキは思った。

大食は良いのだが、滝はまた大酒飲みでもあった。アキは一緒に飲んだことはなかったが、加代によると、滝はいくら飲んでも悪酔いすることはなかった。だが、自分の快食快便ぶりを延々と自慢する癖があるらしかった。快食はともかく、所構わずの尾籠《びろう》な話はどうか、とアキは眉をひそめた。黄褐色の排便瞬間の快楽ぶりを話す滝は、決して不潔さや不愉快な感じを周りに与えないという。むしろ、酒の宴を賑やかす才能があるようだった。アキは滝のそんな行動の中になんとなく狡猾と欺瞞を感じて心配した。もし、滝が葉子の結婚相手にでもなる場合は大変、とアキは密かに滝が住んでいる河口の町を訪ねた。

滝の勤める美容室の近くのスーパー・マーケットに立っていると、丁度滝が赤ん坊を抱いて、若い女と店内に入って来た。アキは咄嗟に姿を隠した。それは若夫婦と生まれたばかりの赤ん坊の幸せな一家に見えた。

アキはレジの女性に滝のことを聞いた。狭い町のことだから大概の動静は知っていた。

ついこの頃赤ん坊が生まれ、近いうちに後追いの結婚式を挙げるらしいとのことだった。アキは怒りに体が震えた。あの快食快便の男がこんな理不尽なことをするものかと、アキは思い直して再度確かめたが、間違いなかった。アキは、これは隠し遂《とお》せることではなかったので、葉子に見聞きした事をありのままに話した。

葉子は全く知らなかったようで、大きな衝撃を受け、そのまま寝込んでしまった。真面目な男女が真摯に交際していたのを、不条理な理屈で生木を裂いたのであれば、アキにも苦痛が伴ったが、快食快便の軽薄な滝のあの非道さでは葉子にも後遺症は残さないだろう、とアキは高をくっていた。だが葉子の打撃は、アキが想像したよりも大きかった。滝のことは口にせず健気に働いていたが、時々窓の外の川面をじっと見詰めて立ち尽くす葉子の姿をアキは見た。

アキは矢部のことを思い出した。矢部は妻がありながらアキと交際し、妻とアキの板挟みに悩んで死んでいった。アキはあの時衝撃を受けたが、自分は生き延びた。矢部は年齢も四十歳を過ぎていたし、思慮深い顔をしていた。アキは滝の軽薄な印象だけで、葉子と滝の関係を甘く見ていたが、それは間違いかも知れないと思い直し、心の奥底に矢部との十字架を背負っている自分と重ね合わせた。

葉子と加代は平塚に唆《そそのか》された関西旅行のことなど忘れて子供のように元気に、走り回るようにして働いた。二人のいるところには笑い声が絶えない。客のいる時にあまりに元気がよすぎると、却って客の気分を害することがあるので、アキは注意していた。

二人の姿を見ていると、二十数年前の梅子と良枝のことを思い出してアキは涙ぐむことがあった。生きていれば二人は四十代半ばぐらい。家庭の主婦として人生の盛りであるのにと思った。

梅子が紅葉軒に勤めていた時、正月の客が一段落したので、里帰りをさせた。休みが終わって戻る日は昼から大雪が降り出した。雪がやんで二〜三日して戻って来るものと思っていたら、その夜中に裏口を叩く音がするので、出てみたら雪を冠って雪だるまのようになった梅子が立っていたので、アキは腰を抜かさんばかりに驚いた。梅子は仕事上の責任を感じて、夜を徹して雪の中を歩いて戻って来たのであった。

良枝の場合は、冬の寒いインフルエンザの流行していた時だった。朝から日頃になく赤い顔をしているなあと思っていたが、忙しさに感《かま》けて放っておいたら、夜遅く風呂場の掃除の途中にひっくり返った。びっくりして駆けつけたら、金太郎のように赤くなって裸で倒れていた。熱を測ると四十度以上あった。風邪で熱のあるのを隠して仕事をしていたのだった。二人を思う時アキは、雪だるまと金太郎のことを思い浮かべる。

あの真面目で純粋な二人は器量も気立てもよかったので、二人とも近くの町の人に見染められて、ほぼ同じ頃に嫁に行った。

梅子は間もなく一家で名古屋の方に越して行ったが、噂では三十代の若さで子宮癌に侵され、亡くなった。良枝は、夫の真面目な性格が禍いし、仕事上のことでノイローゼになり一家道連れの心中をした。

アキにはどちらの話も信じられなかった。この世には神も仏もないと思った。

葉子と加代の屈託のない笑顔を見ていると、梅子と良枝と二重写しになって、この子たちがどんな運命を辿ることになるのか、密かに心配することもあった。

客が少なく仕事が早く終わった夜は、葉子と加代は古賀の酒の相手をしてやった。古賀は三年前に妻を心臓病で亡くしてからは紅葉軒に住み込んでいた。妻を亡くした淋しさから、古賀は時により酒量が過ぎることもあった。

最近、酒を飲むと古賀が非常に汗を掻くようになったと葉子が心配していた。古賀にあまり酒を飲ませては駄目よ、とアキは注意していた。それから一週間ほどした十月中旬の秋たけなわの頃、朝食の準備が終わると、古賀は自分で飼っている犬のタローを散歩に連れていった。

九時頃、タローが裏口でうるさく吠えるものだから葉子が出て見ると、タローだけが戻っていた。葉子と加代が駆け出したタローの後をつけて行くと、古賀が道端に倒れていた。古賀は脳血栓だったようで左半身麻痺を起こしていた。古賀は右半身だけで這って家に帰ろうとしていたらしく、左半身はぞろびかれて傷だらけになっていた。町の病院に救急車で運ばれた古賀は二週間すると幸いにも軽い麻痺を残した状態で退院できた。

佐和のいた部屋で古賀は養生することになった。一年で一番客の多い時期であったが、古賀の昔の弟子が板場として来てくれたので支障を来たすことはなかった。アキ、房江、葉子と加代が交代するように古賀を看《み》にいった。

そんなある日、葉子と加代がアキの所に来て、

「お母さん、知っていた？　古賀のおじちゃんと亡くなった奥さんはね、若い頃駆け落ちしたんだって。古賀のおじちゃんが京都の料亭で修業していた時、奥さん

は仲居をしていたんだって。奥さんは料亭のご主人の姪で、眼の中に入れても痛くない程に可愛がっていたのね。ゆくゆくはその姪に立派な婿をとって料亭を継がせることにしていたんだって。その姪御《めいご》さんと古賀のおじちゃんが好き合うようになったの。もともと、その料亭では仲居さんと板場さんの恋愛はご法度《はっと》だったらしいのね。それに違反するし、大事な姪御さんを古賀のおじちゃんに取られたので、ご主人の逆鱗《げきりん》に触れて、二人の仲を裂こうとしたの。それでおじちゃんと奥さんは駆け落ちをしたという次第。その料亭はその後数年して潰れちゃったんだって。でも、古賀のおじちゃんは、恰好いいよね。私も駆け落ちするぐらいの激しい恋をしてみたい」

葉子は頬を紅潮させ、声を上ずらせながら話した。

「そういうことは、誰にも言ってはいけませんよ」

アキは二人に釘を刺した。

何か古賀に訳柄があるとは思っていたが、そのような過去があるとは思わなかった。古賀も、葉子と加代の優しさについ気を許したのか、それとも死期を悟って誰かに打ち明けておきたかったのか。

この秋初めて、川面に白いかすかな湯気が立ち始めた日、アキが古賀の朝ご飯を運んでいると、廊下から川面を真剣に見詰めている葉子に会った。

「お母さん、川面に川霧が立ち始めたよ。佐和おばあちゃんが言っていたけど、川霧が立ち始めると紅葉が一足飛びに赤くなるんだって。今年もいよいよ終わりだね」

いつになくしんみりと言った。

葉子がこの家に養女に入った年の秋に、この川面に立つ白い湯気を見て驚いた葉子は佐和とアキの所に走って来て、白い湯気が何であるかを尋ねた。

その時、アキは葉子の率直さに衝撃を受けた。アキは紅葉軒に貰われてきた時に、湯気が何物であるかを聞くことが恥ずかしくて意地を張った。

葉子は根っから優しくて率直で、アキはとても葉子に勝てない、とその時思った。

アキが古賀の部屋に入っていくと、古賀は起きて窓際の椅子に座っていた。

「葉子ちゃんたち、何か言っていませんでした」と古賀が尋ねた。

「いいえ、何も」

わざとアキは答えた。

「今の若い子はドライなだけと思っていたけど、優しいところがあるのですね。

昔の梅子や良枝たちと少しも変わらない。梅子や良枝は、仕事のあとよく私の肩や足を揉んでくれた。葉子ちゃんと、この前の休みに河口の町に洋画を見に行ったら、迂闊なことに眼鏡を忘れていって字幕が読めない。そうしたら最初から最後まで葉子ちゃんが字幕を読んでくれましてね」

古賀は涙を浮かべて話した。

「そうですか。葉子は私には、当たり散らすばかりなんですけどね」

アキはわざと陽気に笑った。

それから一日一日と紅葉は染まっていった。

山峡の様ざまな形をした山また山が、紅、黄、橙、褐色と凄絶なまでに色を競い合っていく。

客を送り出したロビーから紅葉の山々を見ていた時、アキは、ふと思いついた。美しく染まっていく紅葉は、退化現象ではない。植物も、人間と同じように種々のホルモンを出すという。そうなれば落葉樹は散る間際に特別のホルモンを出して、自らの最期を意識的に美しく演出しているのだと。

そして、それは最後の力を振り絞って美しく着飾って、この世にお別れの挨拶をしているのだ、とアキは気付いた。そう思うと、紅葉は、さ・よ・う・な・らという言葉のようにゆらゆらと揺れながら散っていくように思えた。

その三日後、川霧の物凄く深い日だった。アキは、佐和の亡くなった日のことを思い出していた。霧が薄れて、すこし陽が射し始めた頃、葉子が走ってアキのもとに来ると、

「お母さん、おばあちゃんの亡くなった日みたいに、鯉ケ渕が赤く燃えている」

と耳打ちした。

アキは、タンスからオペラ・グラスを取り出すと古賀の部屋へ行った。

窓際に古賀と房江と葉子と加代が立ち並び、息を飲んで鯉ケ渕を見詰めていた。アキはそっと四人の後に立ってオペラ・グラスで鯉ケ渕を見た。

鯉ケ渕の溜まりは赤く炎をあげていた。

オペラ・グラスで見ても、それは川面の全面に幾重にも赤い紅葉が絨毯のように散り重なっていて、一つ一つの紅葉の葉はよく見えなかった。オペラ・グラスを静かに上に上げていくと大きな銀杏が目に留まった。それは殆ど黄葉を落としてしまって、根元は一面真っ黄色になって、旅役者が黄色い衣装をぱっと脱ぎ捨てて、大見得を切った容姿に見えた。

それからオペラ・グラスを上にもっていくと紅葉の樹の群生であった。

紅く透き通った無数の葉が、間断《かんだん》なく雨のように恐ろしく、そして美しく散り続けていた。

少し風があると、それらは揺り籠のように横に揺れたり、ヘリコプターや竹トンボのように舞い上がったり、あるいは風の子のように早い速度で斜めに飛んでいったりしていた。オペラ・グラスを下に戻すと、紅葉が赤い滝水となって鯉ケ渕に降り灌《そそ》いでいた。

時代祭《じだいまつり》

昨夜京都駅に着くまで、今日が時代祭とは知らなかったのでおますか。それは信じられないようなことですわ。京都で時代祭と言えば、京都の三大祭の最後を飾る、今風の言葉で言うなら大変なイベントであるのですわ。曜日には関係なく、毎年十月二十二日に必ず行われているのですわ。雨天順延することはおますけど。今年は平安建都千二百年、時代祭百年に当たりやすので大変な人気なんですわ。昨夜は雨がずっと降り続いておましたので、今日の天気が心配されておましたんやけど、こんな良い天気になってほんまに良うございました。時代祭は、平安建都千百年を記念しまして、明治二十八年から始ったのです。

千数百人を越す大時代祭絵巻の行列ですから、行列する方も見る方も天気次第でえらい違いですわ。ほんまにようございました。時代祭のことは聞き知ってはおましたが、見るのは今日が初めてでおますか。九州からお見えになったそうで、それはほんまについておましたな。平安建都千二百年祭と時代祭百年という区切りのお祭りを見れるのは、日本国民のほんのひと握《にぎ》りでっしゃろう。人間の一生から見ても、明治二十九年に生れ平成六年までに亡くなった方は今日の祭を見れないのですから。そういう意味では今日の祭を見れる人は幸運と言えるのではおませんか。

ほう、なるほど。明日、娘婿の妹さんの結婚式が大阪であるのに出席するためにおい出になって、昨夜は京都パーク・ホテルにお泊まりになっておりましたのか。

今朝、三十三間堂を見物に出掛けたら、あまりに天気がよいので、昨夜京都駅で見た時代祭のことを思い出し、折角のチャンスだから時代祭行列絵巻を一目でも見ておこうと思い立ったのでおますか。それはようございましたわ。まさに千載一遇のチャンスでおますねん。それで時代祭行列の開始が正午であるようだから、前から訪ねたいと思っていた「美空ひばり館」と金閣寺、銀閣寺を見たい。そして三時半に京都駅をたって大阪に向かいたい。

そうでっか。今、午前九時半ですな、三時半まで六時間ですか。よーし、やてみまひょう。こんな仕事が一番やり甲斐があるのですわ。おふたりとも三十数年前に新婚旅行で京都を回って以来とのこと。もう昔のことで、記憶もあまり定かでない。お嬢さんが京都のK女子大を出ているが、在学中に一度だけ京都を尋ねて、その時は高雄の紅葉を見にいっただけでおましたか。まあ、そんなものでしょう。お嬢さんがいれば、何時でもこれると思うと、かえってこれないものですねん。

それでは私にまかせていただいてよいでっか。今日は時代祭ですから道がこむうえに、交通規制が行われていますから大変ですわ。空いている裏通りから裏通りを抜けましょう。それでは出発します。

それでは先ず嵐山の渡月橋の袂《たもと》にあります「美空ひばり館」に直行しましょう。そして、金閣寺にまわります。数日前から時代祭行列の通る道筋は見物場所を確保しようと莫蓙をしているのですわ。人垣は七重八重となるため、とても見にくいのですわ。

それに道筋の周辺の駐車場は全て満杯なのですわ。それで金閣寺から京都駅に戻り駅前の私がよく利用する駐車場にとめ、それから地下鉄烏丸線で烏丸駅で降りて地上にあがると、烏丸通りに出ます。そこでなんとか行列を見物しましょう。烏丸通りを通過するのが十二時四十五分頃ですから、それに間に合わないと、もう見れないでしょう。その後京都駅に戻り、それから銀閣寺に行きましょう。強行軍ですから昼食をとる時間はおませんかもしれまへん。

「ひばり館」も金閣寺も銀閣寺も駆け足見物になるかもしれまへんが、勘弁しておくれやす。京都はあまりお詳しくないそうなので説明しますが、今左手に見えています京都駅を中心としますと「美空ひばり館」のある嵐山が西、金閣寺が北、銀閣寺が東にあたるわけで、今日回るところだけでも京都の半分以上を回ることになるのですわ。京都盆地の中には千六百以上の寺院と四百以上の神社があって、どれを見物するか選ぶのにもひと苦労するものなんです。でも「ひばり館」と金閣、銀閣寺の選択はすばらしいやおまへんか。

「ひばり館」は開館して、まだ間がないのに大変な人気なのですわ。ひばりと同時代というより、四十代より上の女性に圧倒的な共感を呼んでいるのです。それも無理のないことですわ。あの戦後の荒廃の中をひばりの歌とともに生きてきたわけで、喜びも悲しみもひばりと共におましたからな。それが、あの若さでなくなった。もう、ひばりは彼女らの神さまになってしもうたのですな。若くして亡くなったことへの哀惜と追憶と讃歌、もうこれは彼女らにとってはたまらないことなのですわ。

「ひばり館」の内容も充実してまっせ。よくいろんなものが集めてありますわ。難を言えばもっと大きく、天井を高く造ってもらいとうおました。充分に採算は取れてますよ。これは、もう京都の目玉の一つになったと言えまっせ。おっと危ない女性ドライバーは道の真ん中を通りたがるわ。こちらの方がよけてやるものと思いこんでるわ。このあたり駐車場がありませんので、「ひばり館」の前で降りていただいて見物してきて下さいな。

時間は三十分しかありませんわ。駆け足見物になって申し訳おまへんけど、先がつまっておりますからよろしゅう頼んまっせ。三十分後に「ひばり館」の前でお待ちしております。

では、これから金閣寺にまいりましょう。「ひばり館」は見甲斐がおましたか、それはよかった。時間があれば一日中見ても見つくせないかもしれませんな。「川の流れのように」がスクリーンに流れるコーナーでは一日中涙を流しながら聞いている人がいるそうでっせ。子供を育てあげた時、さあ、これから何をするかという時に意外に何もない人が大勢いるんですわ。そんな人達は思い出の中に生きるしかない。それにはひばりの歌がなにより一番の同伴者なんですな。

わたしは思い出に耽るのは嫌でっせ。このタクシー運転手の仕事を死ぬまで続けまっせ。わたしは京都の街が好きやし、京都の素晴らしさを観光客に知っていただくのが嬉しくてたまらないのですわ。余程の人でなければ、一生のうち京都観光をするのはせいぜい一、二回でっしゃろ。だから、その時にしっかり見ていただき、聞いていただき、嗅いでいただき、味わっていただきたいのですわ。何と言っても京都は日本の古都で、日本の宝物ですわ。毎年日本人が四千万人、外国人が四十万人京都を見にくるんですわ。一日十数万人というものですから、これは凄いものでっせ。街の隅々までが全て観光地ですわ。京都市民の生活はなんらかの形で観光に依存していると言ってよいのですな。

観光が産業ですわな。先祖の遺産に感謝せねばなりませんな。それにしても、今日はよく晴れましたな。昨日はどしゃぶりでしたがな。

昨日の客は御夫婦とも三十五才すぎの新婚さんでしたが、さすがに落ち着いたものので、離宮めぐりで桂、修学院、鳥羽と回りました。離宮見物は前もって予約しておかねばならへんのですが、ちゃんとそれをやっておましたね。修学院ではひどい雨の中を二時間も庭を見て回りましたのですわ。全然雨など苦にしておませんでしたな。今日は五十代半ばの御夫婦、ともに目的がはっきりしておますので、案内のしがいがあるというものですわ。朝の京都は静かなのですが、今日はとくに静かに見えますな。時代祭をひかえた嵐の前の静かさといった感じですな。

時代祭行列の巡回する道筋では今頃、見物のための場所取りが大変でしょう。何日も前から徹夜して頑張っている人達も大勢いるのですわ。道筋は七重も八重もの人垣が出来ますから、後方の人達は行列がよう見えんのですわ。足台を持ってきても限度がおます。最前列から三、四番目には場所取らんと、折角の行列も見えせんのですわ。

さあ、金閣寺境内に着きました。街中は静かでも金閣寺は午前中から大変な見物客ですわ。私も車を置いて一緒にまいりましょう。金閣寺は久しぶりなんですわ。あとひと月もしましたら紅葉の真っ盛りで、それはほんまに奇麗なんでおまっせ。でも今頃も中秋という言葉の通りの季節でおますから、まさに秋そのものなんですわ。入口からなかなか前に進まれまへんな。さあ、ここで記念写真をとってあげましょう。鏡湖池に浮かぶ金閣寺の華麗さ、素晴らしいでっしゃろ。今日は秋の陽がやわらかく射してことさらに美しい。三層の楼閣に金箔をはった足利幕府三代将軍の義満は偉かったと思いまっせ。あの時代に建物全体を金色にすることは大変な勇気がいったと思いまっせ。周囲は山水画のような世界でおますから。時代の進んだ現代でもビルを金箔にすることは、先ず不可能でっせ。室町のあの時代に金閣を建てたことには当時、非難や抵抗がさぞ激しかったことでありましょう。しかし、それをなしとげた室町幕府三代将軍義満はほんまに偉ろうございましたな。七百年後になっても、こうして世界中から仰山《ぎょうさん》見物にきておますから。

外人が多いでっしゃろ。わたしがタクシー運転手を始めた三十数年前など外人は数えるぐらいしかおまへんでしたよ。それも大金持ちのアメリカ人ばかりでしたわ。それが今はどうです。老若男女、世界中の国々から来てまっせ。なかにはヒッピー族みたいなものまでいて、多種多様ですわ。しかし、どの外人も周囲の自然に溶けこんだ金閣寺には、ただただ驚嘆するのみですわ。

時間はあまりおませんが、鏡湖池の周囲だけをまわりましょう。池の中に鳥も沢山おましてそれぞれに意匠をめぐらしていますのですわ。ほんまに時間がなくて申し訳ありまへん。金閣を真正面から見たとこに立っていただいて記念写真をもう一枚おとりして京都駅にもどりましょう。京都駅八条口前の駐車場に魚釣り友達が勤めてまして、ひばり館前でお待ちしていた間に電話していたのですわ。今日は時代祭やさかいに、どこの駐車場も一杯ですやろ。こういう時は友達がおますと助かります。とても昼食をとる時間はありませんので、京都駅でパンの立ち食いでもなさって下さいな。

さあ急ぎましょう。地下鉄烏丸線の丸太町駅までをお買いになって下さい。おや、もう十二時十五分でっか。烏丸丸太町を通過するのが十二時四十分頃ですからな。まあ、時代祭の長い行列は烏丸丸太町を一時間程かかって通過しますからどの時代かは見れると思いまっせ。ただ銀閣寺を見て三時半に京都駅に着くには時代祭は一時十分までが限度でおます。行列は今年は二千人以上で数キロに及びますので、ほんの一部しか見ることが出来まへん。一時頃であれば、明治維新勤皇隊列が通過する頃でっしゃろ。

時代祭だけをはじめから終わりまで見れば三時間以上かかりますから、ご勘弁でっせ。

あっ、チョコレートに牛乳ですか、それはおおきに。これでしたら歩きながらでも食べられますわ。京都見物の外人さんを見ていますと歩きながら平気で食事をとっておますのや。行儀がわるいと思っていましたが、外国に行った友達によるとあちらでは普通だそうですな。パンやハンバーガーは歩きながらでも食べられますからな。だがなんと言っても経済的に安くつくことが第一の原因だそうですな。円高になりましたし、日本の食事処に寄れば、外人さんから見れば目の玉が飛び出る程に高こうつきますからな。連中は合理主義に徹しておりますからな。日本人も少し見ならうべきではおませんか。地下鉄が混んできましたな。さあ、烏丸駅に着きました。地上にあがった所が烏丸丸太町の大通り四ッ角になるのですわ。わあ、地上にあがれないように混雑してまっせ。私の後にしっかりついて来て下さい。見失ったら、それこそ百年目ですわ。わあ、維新勤皇隊が通過中ですわ。錦の御旗を先頭に笛・太鼓の維新勤皇隊列ですわ。そのあとに桂小五郎、西郷吉之助、坂本龍馬、高杉晋作などの幕末志士列が続き、その後には三条実美、真木和泉、久坂玄瑞などの七卿落と続いているところでおます。大通りの両側は七重八重の観客で立錐の余地もない人出。隊列が見えますかね。なるべく人と人の間の隙間から見て下さい。この祭の観客は静かなんですわ。歓声をあげたり、拍手をすることも、そうないのですわ。御主人は背が高いのでお見えでしょうが、奥様はいかがですか。四ッ角の真ん中で先導する馬が機嫌を悪くして立往生をしていて、行列が先に進んでいないようですわ。坂本龍馬など志士の連中が大通りの観客に愛嬌をふるまっていますよ。先が進まないので残念ですわ。本当は江戸時代の徳川城使上洛列、和宮様はじめ吉野太夫、江戸時代婦人列、そのあと豊公参朝列、織田上洛列、楠公上洛列、鎌倉・室町列・藤原公卿参朝列、そして平安時代婦人列と続くわけでおますが、平安時代には巴御前、常陸御前、紫式部、清少納言、小野小町とそれは華麗に多様多彩、絢爛になっていくのですわ。平安の頃には、女性の方が輝いていたのですな。

一番最後に大原乙女などの行列が続いてそれは気持ちの良い程にはれやかなので

すが、時間がありまへん。あと五分ですわ。この地下鉄駅の屋根の下、そう今、外人さん達が大勢たむろしている所にもどって下さい。お待ちしております。そして京都駅にもどりまっせ。

ほんまにしんどい思いをさせて勘弁でっせ。これから、京都駅から銀閣寺にまいりまっせ。直線距離にして六キロしかおまへんけど、これからめざす銀閣への道には時代祭行列の終点でおます平安神宮が立ちふさがっております。御所から丸太町、河原町、三条通りはまもなく交通規制がしかれるために周囲の道筋に車が集中して、大変混雑が予想されます。周辺の道を通っていては、銀閣への往復は大変困難で、とても三時半までに京都駅には戻れまへん。

それで周辺の道を通らずに、時代祭の行列が通るために交通規制をしかかっている三条大橋、東山三条、三条神宮通り、平安神宮前を突破してみまっせ。一か八かの賭でっせ。これをやらねば、お客さんの今日の計画は実現できまへん。

見てごらんなさい、警官がたくさん出て、時代祭行列の進行具合によって交通規制にかかっておますのや。おっと、危ない通してくれましたわ。意地の悪いのや、小心翼々の警官はなかなか通してくれへんのですわ。ここが東山三条通り、道の両側にはもう山のような人だかりですわ。朝からずっと待っているんでしょう。おっと三条神宮道路も間一髪で通れまっせ。正面が時代祭終点の平安神宮応天門ですわ。こんなに、人がつめかけている通りを運転するのは生まれて初めてですわ。お客さんも気持ちがええですか。天皇陛下や皇太子殿下の気持ちが理解できますって。そうですな。こんなに道の両側に何重もの人垣が出来ている前を通ることは、先ず一生ありませんからな。この人たちから日の丸の旗を熱狂的にふられたら、もう天にも登る気持ちでっしゃろうな。

大勢の人から歓喜で見られることの恍惚がほんまにわかりますな。これはまさに千載一遇のチャンスでおましたな。よい思い出になりましたか、それはよかった。私も正直初めてでっせ。さあ、平安神宮前を無事にまがれました。さあ、これからは銀閣へはそうこんでおまへんわ。このあたりが東山と呼ばれているところなんですな。

七九四年に京都に遷都して平安京をつくった桓武天皇が、京都の創始者として大変な恩人であることは私もよくわかりまっせ。しかし、歴史もよくわからん私にも、現在の京都のあるのは室町時代、特に、金閣、銀閣寺を建立した頃の東山文化のおかげと思っとるんですわ。古都京都に得も言われぬ日本文化独特の陰翳と幽玄を具備させたのは室町幕府時代ではおませんか。室町幕府は幕府としてはあまり権力は持ってなかったようですが文化はしっかり残してくれたのですな。室町時代なくして京都はありえませんですわ。私は日本歴史上いろいろな英雄、たとえば信長、秀吉、家康など知ってますけど、足利尊氏ほど凄い人物はいなかったのではおまへんか。中央の戦いに破れて九州まで逃げ落ちながら、ただちに再挙東上して湊川に楠木正成らを破り、京都にはいって室町時代を創設したのでっせ。

あの時代に九州に落ちれば、それで終わりのはずでっせ。そこで兵をたててせめのぼるのやから、余程の人望、統率力、カリスマ性、バイタリティーがあったのではおまへんか。

お客さんも九州からお見えになったそうやけど、九州や中国地方の豪族を説得して東上して天下を制することは大変なことではおませんか。

さあ、銀閣寺に着きましたよ。きわどい近道をしましたので、少し時間がありますす。私も一緒に銀閣寺を回りましょう。こんな仕事してましてもなかなか銀閣寺の中まで入《はい》ることは、そうおまへんのや。さあ歩きましょう。このあたり比叡山からはじまる東山三十六峰は布団着て寝たる姿といわれるような優美な山容で、この山々の麓は恰好の散歩道があって銀閣寺から若王子《じゃくおうじ》神社までの鹿ケ谷疏水沿いの道が「哲学の道」として有名なんですわ。紅葉あり、竹林あり、桜並木あり、疏水ありと、それはそれは素晴らしいのですわ。

京都は何故こんなに自然と人間の創設したものが、渾然一体となってますのやろ。昔の人はよう、こうも適材適所に建物を配したものと思いますわ。ほんまによく出来た街ですわ。天与の地に時代と人が応えた。京都は世界に冠たる観光地でっせ。竹林の風にそよぐ音。まだ紅葉には少し間がありますが樹々の葉のかわいいこと。ほんまに良い季節でおますな。さあ、銀閣に着きました。時代祭の大行列がすぐそばを通っているとは思われない静けさと、この見物客の多いこと。銀閣の境内にはいると体全体がほの暗い幽玄に染められていく感じになりますんや。金閣の体が浮き浮きしてくるのとはまことに対照的でおますな。観音殿はちょっと見た目には二層建ての平凡な宝形造りに見えますが、見れば見るほどに深みが増すのですわ。銀閣を造った足利幕府八代将軍義政は応仁の乱をおこし京都を争乱の地としましたが、一方では銀閣を建て、東山文化をつくったのでおますからたいしたものですわ。京都にとって、室町幕府と東山文化が欠落していたら、それは底の浅い街になっていたのではおまへんか。京都は東山文化で完成したのですわ。この庭の砂を盛ってつくった向月台《こうげつだい》・銀砂灘《ぎんさだん》など、いったい誰が考えついたのでしょうかね。わび・さびなどの余情と簡素。これこそ義政が描いた浄土だったんですやろ。茶道、華道、香道、能、狂言など日本文化を代表する伝統文化は、この東山文化のなかから生まれたんですな。京都にとっては室町幕府さまさまですわ。少し時間がありますので月待山の中腹まで登ってみましょうか。隅々まで実に手がいっておますねん。紅葉の頃はそれはきれいでっせ。あとひと月後でしょう。銀閣が出来た頃は、ここから見える白川通りあたりまで境内があったそうでっせ。広大なものだったんですな。二時四十五分になりましたな。それでは京都駅へ行きましょう。それにしても天気に恵まれましたな。時代祭とひばり館と金閣、銀閣の組み合わせで回ったのは初めてですわ。今日は良いご案内が出来てほんまによございました。本当はお客さんで仕事を終わって、家に帰りビールでもぐっと飲みたいところですわ。夜九時まで仕事になっておますので残念どすけど、明日は久しぶりに明石の方に海釣りに行くことにしていますんや。

先年妻を癌でなくし、二人の子供は独立し家庭をもっていますので、一人者の気楽な生活なんですわ。楽しみは仕事のあとの二本のビールと休日の海釣りですわ。妻は丈夫で気持ちのやさしいいい女だったんですけどね。子宮癌であっという間に死んじゃいましてね。酒は飲む、タバコは吸う、マージャンで夜ふかしはすると、癌になってよかったのは私の方でおましたけどね。癌というのは、やはり遺伝的要素が強いのでしょうな。妻の母がやはり癌だったんですわ。私と妻は時代祭が縁で知り合ったのですねん。もう三十年も前のこと、妻が時代祭の平安時代婦人列の紀貫之の女の役で行列に加わることになっていたのですわ。それが遅れて懸命にタクシーを拾おうと苦労している時に私が通りかかって乗せたわけなんですな。聞けば時間は迫っている。そこで私が近道で車の少ない道を走りに走って御所に間に合わせたのですわ。

妻は大変喜びしましてね。それから交際がはじまったわけですわ。妻は結構よい家柄で、教養も私とは段違いでしたんですな。だから相手側から反対されましてね。まあ駆け落ち同然で結婚したんですわ。妻には今でも感謝しておりますんや。わたしには過ぎた女房でおました。一生知り合った頃のやさしさを持ち続けてくれたんですわ。幸い二人の子供の出来もよく、立派な大学を出て、立派な会社に就職しましたから妻への恩義は少し返したと思っておるんですわ。だから時代祭には少し思い入れが強いんですわ。ああ、つまらない話をお聞かせして申し訳ございませんな。堪忍でっせ。今日はあまりに気持ちがよかったので、つい口がすべってしまいました。ああ、京都駅に着きました。遠い九州の方でしょうが、また京都におこし下さいな。

あとがき

弦書房の編集によって、私のほぼ全作品を文庫判で発行し始めて、今回の『秋の川』で六冊目になる。今回収録される七作品の校正を兼ねて読んでいると、私が作家になろうと懸命に努力していた三十三歳から三十五歳頃の作品ばかりであって、懐かしく、また悲痛をおぼえて涙したりした。

私は自分で見聞《みき》きし経験したことを、題材にして書くタイプであったので、忘れかけていた事を思い出したりして、驚いたことが多かった。

自分の処女作を「荒野の月」か「雲の影」（いずれも『山里』に収録）と思っていたが、今回の作品の中の「さらばラバウル」が処女作であると、はっきり認識して目覚めた。

私は昭和十四年（一九三九）に、福岡市の中心地で生まれた。昭和二十年、太平洋戦争がいよいよ激化して、毎日のように空襲が始まり、六月中旬に熊本県阿蘇地方の杖立温泉に疎開した。そして八月十五日に日本は敗北した。

私は「国民学校」の一年生だった（現在は小学校の一年生）。杖立温泉は、木造であったが六階以上ある旅館が何十軒もある大きな温泉場であった。戦争末期、旅館は戦争で負傷した兵隊さんの病院になり、何百人も収容されていた。朝夕の敬礼式には、私たち子供達も並んで礼をした。敗戦になってそれぞれの負傷兵は故郷に帰れる人もいたが、戦後二～三年、温泉場の旅館を離れられない人もいた。その中の一人の負傷兵と私は仲良くなり、可愛がってくれた。温泉場の桜公園、学校、川などで遊んでくれた。

その人は、ラバウルの戦場で右腕と左足を切断していて、義手と義足をつけていた。それでも優しく、笑顔をたやさなかった。しかし、二年後の春、宿の女中さんと山の奥で心中した。

そのことを私が、懸命に小説化したのが、「さらばラバウル」である。

そのほかの作品も、戦後の時代に見聞きしたことを題材にしたもので、懐かしい。

今回も前山光則氏より解説文をいただいた。ありがとうございます。

平成三十年五月

河津武俊

［解説］大自然と人生

前山光則

本書には七編の作品が収められており、それぞれみっちりと小説のおもしろみを味わうことができる。

まず巻頭の「さらばラバウル」、これは自伝的小説である。幼い「私」が、戦時中、F市から父の郷里近くの温泉場に疎開する。熊本県小国町の杖立温泉を彷彿とさせる温泉場での、終戦間際から戦後まもなくの進駐軍がやって来た頃までの、あの時期ならではの人間模様、喜怒哀楽が渦巻く。「私」は、昭和二十年八月十五日に日本の敗戦を知らされた時、幼くてまだ世の中の動きが摑めない。だが、精霊トンボが舞ったり川瀬の波や石がいつになく眩しく、大気が常よりも透き通っていると感じられてしかたがない。幼いながらに退っ引きならない事態が起きたことを体で感じ取り、この日を境に夜尿症に悩まされるようになる。だから、幼い子は幼いなりに切実に「敗戦」を経験したのである。また、学校で、担任の女先生が勉強のできない孝久という男の子のことを「孝ぼんくら」と呼ぶようクラスの子たちに指示する。だが幼い「私」はどうしてもそのような躾《しつ》け方に馴染めず、だから「先生の居ない時は孝《たか》ちゃんと呼んでいた」のであった。

「私」はこのように世の中の動きを敏感に感じ取る人間だし、同級生のことを思いやることの出来るような心優しい男の子である。

そして、その「私」をはじめとする子どもたちは、川向こうの温泉旅館にいる傷《しょう》痍《い》軍人の今林のおじちゃんに馴染んでいた。この温泉地は、戦時中、傷を負った兵隊すなわち傷痍軍人が保養する場として利用されていたのである。今林のおじちゃんは手と足が半分しかないが、よく遊んでくれるし、南洋のラバウルがいかに美しい島であるか語ってくれる。子どもたちはこの人と一緒に「さらばラバウルよ　また来るまでは／しばし別れの　涙がにじむ……」と戦時歌謡「ラバウル小唄」をうたっていたほどであった。この人は、戦後、なかなか仕事に就けない。他の軍人たちが次々に去っていった後もまだ温泉地に残っていた。そして最期は、遺書を残して女中さんと一緒に山で自殺してしまう。「私」は今林のおじちゃんが死んだなんて信じられない。自殺現場へ皆がおもむく時、「私」も仲良しの孝ちゃんに手を引かれて一所懸命に山を登る……。

この「さらばラバウル」には、このように日本がどん底にあえいでいた頃の出来事の数々が活写されている。時代の記録としての意味も有する作品である。

次の「三毛猫とシャクナゲ」も、山村ならではの風情に包まれた作品である。山奥の過疎の村で猫をかわいがりながら日を送る、もうやがて八十歳にもなろうかという老齢の滝山円造、この人は若い頃に雇われ仕事で鳥取県の大山《だいせん》近くの工事現場に行っていた時の事、道に迷った時にシャクナゲの美しさに魅せられた。「頭の中が真っ白になるような感動」を覚え、体内から力が湧いてきた。シャクナゲは円造に生き抜く元気を与えてくれたわけである。以来、彼はシャクナゲの花がいつも自分に話しかけてくるような気さえする。たくさん植えて栽培して販売もするので、シャクナゲは九州の草深い山村で暮らす円造の経済的な面を支えてもくれている。

一方、円造の従兄弟・高夫は、田舎では食えなくて四十年前に都会へ出ていった人だが、歳をとってから無性に田舎に住みたくなった。シャクナゲも田舎の家には植えたい。しかし、実際に暮らすとなれば、家族にとって遠いところである。歳もとりすぎている。高夫は、帰省した折り、結局田舎へ帰ってきて住むことは諦めた、と円造に正直に告げる。その折り、高夫の運転で一緒に村を巡る。途中で激しい雨に見舞われ、老人ホームに避難した。そこでは老人たちがささやかに日を過ごしている。二人は雨が止むまでのしばらくの間、老人たちと交歓しあう。田舎で老境を迎えつつある円造と、都会へ出て行きながら田舎での生活をひそかに願い、しかし想いがかなわぬままになりそうな高夫、この二人の境遇と心境とがシャクナゲを媒介にして滲み出てくるという、滋味豊かな好篇である。

同じく「故郷」というものの意味を考えさせられるのが、「表彰式」である。父が八十歳で亡くなった年の、夏の終わり頃、父の故郷である山村から、十一月三日の文化の日に表彰したいので身内の人に参列してほしい旨、知らせが届いた。実は、亡き父は若くて元気の良い頃は故郷のことなど話題にもしなかった。それが、歳をとってから、故郷に対しては御堂を、そして自分の住んでいるF市には戦死者の慰霊塔を建てたい、と言い出したのである。結局どう処理したかといえば、まわりの者たちで説得して、F市への慰霊塔建立だけにとどめさせた。故郷への御堂建立は、諦めさせたのであった。だが、晩年の父の望郷の念はすさまじいものであった、と、息子であり現在は医者をしている「私」は振り返る。だから、せめてその遺志を尊ぶために、父が亡くなった時の香典返しを遺族が故郷に寄付しておいた。文化の日の故郷からの表彰は、その寄付に対してのものだったわけである。すでに父が亡くなっているので、子である「私」が表彰式に出ることとなった。父の兄の息子のところに泊めてもらい、従兄弟と一夜いろいろ語り合ううち、「私」はとてもしんみりした気持ちになる。親の遺志が今になって子供の心にじんじんと染みこんでくるのであった。

表彰式の時、村長がこう述べる。

文化とは人々の営みそのものでございます。世間では文化とは芸術、学術、文学などに秀でたことと認識されているようですが、確かにそれも文化の一要素でありますが、それは些細な一面であり、文化とは本来地味で質素な努力でありま す。本日の表彰には永年村の発展に地道に寄与した人々、親に孝養を尽くした人々、又これから村を背負っていく若い人々の日常の活躍を顕彰できたことは私の喜びとする所であります。一方この故郷に生を受けながら、事情により他郷で生活をし、死するまで故郷の発展を願ってやまなかった人々の表彰を行えたことは私の望外の喜びであります。遠く故郷を離れて、故郷を思う心情こそ文化そのものであります……。

村長挨拶の後半、「遠く故郷を離れて、故郷を思う心情こそ文化そのものであります」のくだりを聞きながら、「私」の胸に亡き父への想いがこみ上げる。

四百字詰め原稿用紙で二十七、八枚程度の、文字通りの短編であるが、読後、一人の人間の生きた軌跡や想いの厚さがしっかり詰まっていることに気づかされる作品である。

「間伐」は、親から譲り受けた山林を子である「私」が苦心して手入れする話である。素人の自分には、山の管理は手に余る。だから「私」は、父の代から世話になっている村人にお願いする。あるいは、林業組合の人たちに実際の間伐作業をやってもらう。そして、なんやかんやと苦労しながら山は蘇る。現代は、以前と違って山が金にならない時代となっており、そのようなシビアな時代の移り変わりが反映された短編だ。

「ところで、杉は今、一立米いくらぐらいすっとな」

「材質にもよりますが、一万七、八千円です」

「へえー、三十年前と同じじゃなかかな」

「昭和五十年代に一時四万円ぐらいになりましたが、今のところじり貧ですね。この前の森林組合の総会でも、三十年前と値が変わらないのは、卵、牛乳と材木という話が出ていました」

「そうか、値が下がれば、山が荒るる。山が泣けば、川が泣く、そして海が泣く、そして人間が泣く。何んとか、ならんのかえ」

吉原さんが若者の顔を覗き込んだ。

「今が、どん底です。今、しっかり手入れをしておけば、将来必ずよくなります。外材輸入も、そのうち限界にきます。とにかく、いい樹木を育てることです」


作中、間伐の世話をしてくれる吉原さんと森林組合の職員とが右のように会話する場面がある。二人のやりとりには、日本の山林の現実が露出しているのではなかろうか。

この「間伐」の初出は平成十五年（二〇〇三）四月、「日田文学」第四十八号であるが、発表後、文藝春秋社発行の月刊文芸誌「文学界」の同人誌評でベスト5にランクされた。これに限らず、河津氏の作品はもっと評価されて然るべきである。

さて、続く「鳥の宿」、これは鳥たちがいつも庭にやってくるというのどかな田舎町の小さな旅籠「若葉屋旅館」が舞台となっている。中心になるのは常連客の徳さんである。下戸で、やさしくて、人の面倒見がいい。好きな女と所帯を持ったこともあるが、一年ほどで死なれてからはまた毎週末に若葉屋に泊まりに来る、という生活パターンを続けている。他に、軍さん、満州さんと呼ばれる気の良い男たちも登場する。彼らも、徳さん同様、老境に入っている。軍さんは老健施設へ行かねばならぬ。徳さんは、肺炎を患ってしまった。肺癌が疑われたほどであった。それぞれの晩年がどうなるかという、まことに深く考えさせられる作品である。病院に入った徳さんが医師に尋ねた言葉、「私が、何か大きな病気をしてこの世で役に立たなくなった時に、自殺でも他殺でもない自然の状態で、ひっそり死ねる薬はないでしょうか」、これは本質を衝いた言葉ではないだろうか。徳さんの念願でもあり、いやそれ以前に作者である河津武俊氏自身が永年医者をやってきて人の生き死にに関わった、その果てに直面せざるを得なかった課題であろう。

そして、表題作「秋の川」である。山奥の温泉場の宿屋「紅葉軒」の女将であるアキは、十歳の頃にこの家の養女として貰われてきたが、やがてこの宿を切り盛りするようになる。山奥のひなびた温泉場ながら同業者間のシビアな競争があり、板場を引き抜かれる、泉源が涸れて窮地に追い込まれもする。水害でやられる、雇い人が客に騙される、自身も恋に堕ちたことがある。養子に来てくれた男には死なれてしまう、というふうに山の中で悲喜こもごもの人間劇が展開する。しかし、ここはやはり自然豊かな環境だ。

それから一日いち日と紅葉は染まっていった。

山峡の様ざまな形をした山また山が、紅、黄、橙、褐色と凄絶なまでに色を競い合っていく。

客を送り出したロビーから紅葉の山々を見ていたとき、アキは、ふと思いついた。

美しく染まっていく紅葉は、退化現象ではない。植物も、人間と同じように種々のホルモンを出すという。そうなれば落葉樹は散る間際に特別のホルモンを出して、自らの最期を意識的に美しく演出しているのだと。

そして、それは最後の力を振り絞って美しく着飾って、この世にお別れの挨拶をしているのだ、とアキは気付いた。そう思うと、紅葉は、さ・よ・う・な・らという言葉のようにゆらゆらと揺れながら散っていくように思えた。

小説の終わり近くになっての紅葉の風景は、圧巻である。紅葉は「最後の力を振り絞って美しく着飾って、この世にお別れの挨拶をしているのだ」との思いをアキに起こさせる。大自然は、それそのものとしてあるのではない。それを見つめる人間の内面と絡み合ってくるのである。「さ・よ・う・な・ら」は、アキのなかにこそ実はわき上がってきているのかも知れず、含むところの大きい自然描写ではなかろうか。なお、「秋の川」は平成六年（一九九四）四月、「日田文学」第三十号に発表後、「文学界」同人誌評でベスト5にランクされた。文芸評論家の勝又浩が、この作品の特に自然描写のすばらしさに注目し、「映像作品にしたらさぞ美しい一編になるだろう」と高く評価したのである。

巻末の作品「時代祭」であるが、タクシー運転手が九州からやって来た老夫婦を乗せて京都市内を案内してまわる、という設定である。大時代絵巻と称すべき盛大な「時代祭」を控えた、嵐の前の静けさ。運転手は京都の名所をあちこち案内するが、ベテランであるだけに色々と史実に詳しい。そして、最後に時代祭への運転手の格別の思い入れが出てくる。それは、若い頃、時代祭の平安時代婦人列の紀貫之の女の役で出るはずの女性が、遅れて懸命に間に合おうと苦労していた。それを運転手が拾って、行列開始に間に合うよう運転してやった、実はこれが自分の亡き妻とのなれそめだ、とのこと。観光案内の最後にサラリとこのような思い出話が語られるのが、気持ちいい。関西弁もうまく使われており、京都という土地に根ざして生きる人間の持ち味が充分に描かれている。河津氏はやはり腕利きのストーリーテラーである。他の収録作の舞台が九州であるのに対して、これだけ京都の話であるが、作品から立ちのぼるのはやはり土地の風土・人情である。味わいのある佳編と言えよう。

最後になったが、これら収録作品七編の書かれた時期について大雑把に触れておけば、まず「さらばラバウル」は昭和四十五年（一九七〇）、三十一歳の頃に執筆されており、河津氏にとって処女作である。「表彰式」は作者四十歳代前半の頃の作品であろう。だから、「さらばラバウル」と「表彰式」はまだ若い頃の作と言っていい。他の「三毛猫とシャクナゲ」「間伐」「時代祭」「鳥の宿」「秋の川」は、平成に入ってから書かれている。河津氏は昭和六十三年に『秋澄――漂泊と憂愁の詩人・岡田徳次郎の世界』（後に加筆・改題して『漂泊の詩人・岡田徳次郎の世界』）を、さらに平成五年になって『肥後細川藩幕末秘聞』を、それぞれ講談社から刊行するなど旺盛な執筆活動が続いていた。加えて平成五年の二月に第三期「日田文学」が復刊されたが、氏も同人として参加し、翌年からは発行人として同誌の中心的役割を果たしてゆく。そのような時期、五十歳代から六十歳代にかけての作品である。

つまり、本書では若い時期に書いた作品と、円熟した境地へ入った頃の作品群、この両方を見ることができることになる。

今まで見てきたとおり、どの作品にも大自然の豊饒さとその中で生を営む人間たちの悲喜交々《ひきこもごも》のドラマとが描かれている。人は大自然に包まれて生かされるのである。加えて、時代の動きも鋭敏に捉えられている。おのおのの作品に展開される人生模様や時代の流れを、大自然の豊かな彩りの中で愉しめる一冊、と言っていいのではなかろうか。

（作家）

〔著者略歴〕

河津武俊（かわづ・たけとし）

　昭和一四年（一九三九）福岡市生まれ。現在大分県日田市で内科医院を開業。

　主な著書に『秋澄――漂泊と憂愁の詩人・岡田徳次郎の世界』（講談社、一九八八）、『山里』（みずき書房、一九八八）、『肥後細川藩幕末秘聞』（講談社、一九九三）、『新・山中トンネル水路――日田電力所物語』（西日本新聞印刷、二〇〇五）、『秋の川』（石風社、二〇〇六）、『耳納連山』（鳥影社、二〇一〇）、『森厳』（鳥影社、二〇一三）、『富貴寺悲愁』（弦書房、二〇一四）、句集『花吹雪』（弦書房、二〇一六）、文庫・新装改訂版『肥後細川藩幕末秘聞』『漂泊の詩人　岡田徳次郎』（以上、弦書房、二〇一七）、文庫版『耳納連山』『山里』（以上、弦書房、二〇一八）、などがある。

秋の川

二〇一八年八月一〇日発行

著　者　河津武俊《かわづたけとし》

発行者　小野静男

発行所　株式会社弦書房

〒810-0041

福岡市中央区大名二―二―四三

ELK大名ビル三〇一

電　話　〇九二・七二六・九八八五

FAX　〇九二・七二六・九八八六

印刷・製本　シナノ書籍印刷株式会社

落丁・乱丁の本はお取り替えします

ISBN978-4-86329-172-0 C0195

◆河津武俊作品選集〈文庫判〉

耳納連山

癒しとしての自然、そして人生――大自然の美しさと人間たちのさまざまな交遊の模様とが織りなす襞の深さによって、読む者を悠久の時間の中へ誘ってくれる。深い余韻を湛えた短編作品集。

【解説】前山光則〈文庫判・376頁〉800円

山里

それでも人は生きてゆく――誰かに聞いてもらいたいことがある。日常の何げない対話の中に心の安らぎをみつけることもある。人と人、人と自然、その在りようの核心を静かに描いた短編8編を収録。
【解説】前山光則〈文庫判・404頁〉800円

*表示価格は税別